大活字本シリーズ

酒井順子

都と京《上》

埼玉福祉会

都《みやこ》と京《みやこ》 上

装幀
関根利雄

目次

都《みやこ》と京《みやこ》

はじめに　みやこ人《びと》と都会人

日本人はどうしてこうも京都が好きなのかと、雑誌売場を眺めていると、思うのです。女性雑誌も男性雑誌も旅行雑誌もグルメ雑誌も、ふと気がつけば京都特集。テレビの二時間サスペンスドラマでも、京都でしょっちゅう人が殺されている。「京都の」という冠をつければ、桜も紅葉も祭りも殺人もグッと魅力的な響きを帯びるのであって、日本人にとって、京都という街がいかに特殊な存在感を持っているかということが、メディアを見ていると理解できます。

こんなことを書いている私も当然ながら京都好きなのですが、京都との付き合いはそう長くありません。小学校時代、クラスで一番お勉強ができた友達から、

「家族で京都に来ています。円山公園で夜桜を見ました」

という絵葉書をもらって、「家族で京都旅行とは、文化的な家庭はやることが違うなぁ！」と感心したことを記憶していますが、私自身は高校の修学旅行で行ったのが、初めて。その時は、「よくわからない」としか思いませんでした。

二十代の頃は、ボーイフレンドと京都旅行もしましたが、その時も格別な印象は残っていません。清水寺《きよみずでら》も南禅寺の湯豆腐も、「普段とはちょっと違うデート」を演出するための背景としか捉《とら》えることがで

きなかった。やはり二十代であったボーイフレンドが、京都という背景を得ると何だか頼りなく見えるのは何故《なぜ》なのかということも、その時の私にはわかっていなかったのです。

「京都って、何だかやたらと楽しい」とハタと思うようになったのは、三十歳を過ぎてからのことです。若者文化を追うにも無理を感じ始めてきた頃に訪れた、京都。和風旅館にも夜の祇園《ぎおん》にも石庭にも、私はいちいち驚きました。二十代の京都旅行から十年たつ間に、私の中には京都を楽しむシステムが構築されていたのです。ま、単に歳《とし》をとっただけと言うこともできますが、次第に私は京都へ足繁《あししげ》く通うようになったのでした。

二〇〇五年に京都を訪れた観光客は四七〇〇万人と、過去最高を記

録しています。二〇一〇年までには年間五〇〇〇万人を達成という目標を掲げていますが、それも夢ではないでしょう。それはつまりざっと見ても日本人の二人に一人か三人に一人が、年に一度は京都を訪れるということ。京都に行かない年齢層は東京ディズニーランドに行っている、くらいの計算でしょうか。

長期にわたる京都人気は、やはりしばらく続いている和風ブームとリンクしています。日本の景気が良かった九〇年代初頭までは、人々の興味と憧《あこが》れは、まだ欧米に向いていました。和風の事物＝古臭い、ダサい、というイメージが濃厚で、伝統芸能や着物などの人気は、パッとしなかったものです。

しかし、バブルが崩壊し景気が悪化、精神的にも生活的にもわびさ

び感が募ってきた時に、私達は足元を見つめるようになったのでした。バブル期に世界中に行ってあらゆるブランドも見たが、欧米人の土俵で勝負しようとしても絶対に勝ち目は無いことも、わかってきた。だとするならば、イブニングドレスを着なくとも着物を着るという手があるではないか、と日本人は思ったのでしょう。かくして女性達はフラワーアレンジメントではなく華道を、カリグラフィーではなく書道を習うようになり、ブランドもののバッグの代わりに着物を買い、劇団四季の代わりに歌舞伎《かぶき》を見、そしてハワイの代わりに京都に行くようになったのです。

ちょうど同時期に、普通の人々がワールドカップの時だけ愛国心をたぎらせる、というようなプチ・ナショナリズム的な動きも見られた

ものですが、この和風への回帰現象は、プチ・ナショナリズムとはまた別の要因から発生しているのではないかと私は思います。バブルの時代まで、とにかく欧米文化に追いつき、追い越すことを目指して頑張ってきた私達は、バブル崩壊によって肩の力が抜けた後、ニセ外人的な視線をもって、和風の事物を見るようになったのです。和風の事物に触れることによって自らのエスニシティを奮起させたわけではなく、白人がアマン・リゾートにオリエンタリズムを求めて宿泊するのと同じような感覚で、日本人は京都を訪れるようになったのではないか。

そして私達は、自国の文化をディスカバーすることとなりました。梨園《りえん》の妻とか、名旅館の女将《おかみ》といった和風セレブからは、社長夫人と

か医師夫人よりも、ワンランク上のオーラが出ている感じ。バブルの時代に港区の教会で結婚式を挙げた人も、「仏像が好きなんです」などと言い出すようになるし、包丁だっていつの間にかゾーリンゲンはやめて「有次《ありつぐ》」に……。

京都は、そんな和風病患者達にとっての聖地です。JR東海から「そうだ京都、行こう」とせきたてられずとも、人々はせっせと聖地巡礼をしているのです。

和風病患者にとって京都とは〝和のテーマパーク〟である、と言うこともできましょう。テーマパークに不可欠なものは、アミューズメント、物販、飲食、そしてサービスの四つですが、京都には見事にその四拍子が揃《そろ》っています。神社仏閣や博物館といったアミューズメン

ト施設。漬物に和菓子に扇子にアンティークにと、物販も魅力的。飲食は、懐石に甘味にうどんに肉にと、バッチリ揃っている。サービスにしても、「京都人のもてなし」と言えば、かゆい所がかゆくなる前にかいてくれるようなイメージがあるではありませんか。

それだけではありません。テーマパークが生き残っていくのに重要なのはリピーター率ですが、京都はディズニーランドと同様、その点においても優秀であり、観光客の約九割がリピーター。

リピーター率を上げるために重要なのは、「お楽しみの重層性」でしょう。すなわち、一回行けばだいたい理解できてしまうだけの施設やイベントしか無い場合、客は「こんなものか」と思って二度と来ることはない。パッと見ただけでは把握し切れない裏メニューのような

ものが用意されていたり、季節毎《ごと》にお楽しみが入れ替わることによって、「また行きたい」「この地に詳しくなりたい」というリピート心は刺激されるのです。

東京ディズニーランドには、パレードをリニューアルする時は、発表されているリニューアル日の何日か前から、予行演習として新しいパレードのお披露目をするらしいとか、ものすごく目立たない場所にミッキーの絵が描いてあるだとか、その道の通だけが知る情報が数多《あまた》あるものです。ディズニーフリーク達は、その情報を得れば得るほど、「もっと知りたい！」「もっと行きたい！」という中毒症状をたぎらせることになる。

京都という街は、ディズニーランドとは違って自ら図ったわけでは

ないけれど、その歴史の長さによって、観光客を惹《ひ》きつけてやまないお楽しみの重層性を帯びているのでした。最初のうちはガイドブックに出ている店にしか行かない観光客も、京都通いが度重なるにつれて、「ガイドブックに載っていない店」とか「地元の人しか行かない寺」に行きたくなり、「一年に一日しか作らないお菓子」や「七年に一回しかご開帳しない仏像」を求めるようになってくる。

また、最初のうちには桜や紅葉といったわかりやすい季節性を追っていた人も、「梅雨の京都はいいらしい」「いや新緑も」「雪が」「年越しが」と、どんどん深みにはまっていく。そして京都フリークは、ディズニーフリークが、

「普通の人は知らないだろうけど、ここがベストポジションなんだ

ぜ」

　と、花火を見るのに最も適した場所を自慢するように、

「京都の人も知らないことが多いのだけど、五山の送り火がいっぺんに見られるマンションの屋上があるのよ。あ、ちなみに京都の人は『大文字焼き』なんて言わないから間違えない方がいいわよ」

　と自慢をせずにはいられなくなるのです。

　雑誌やテレビによって、京都の街は既に紹介し尽くされているようにも思えます。実際、京都のとあるお店の人は、

「雑誌の取材が通った後は、ペンペン草も生えへん」

　とおっしゃっていましたし。

しかし京都には、「雑誌によく載るところ」と「絶対に雑誌に載らないところ」とがあるのでした。また、たとえ雑誌の取材を受けたとしても、京都の人は何でもかんでも喋《しゃべ》ってしまうわけではなく、本当に大切な事物はひっそりと秘蔵されていたりする。

東京で生まれ育った私が京都に強く惹かれる理由は、その辺りにあります。色々な土地から人が集まってくる都市である東京は、平等な街です。お金があればどんな物でも買うことができるし、どんなサービスを受けることもできる。共同体意識も希薄なので、他所《よそ》から来た人が思わずジーンとするような親切もしないかわりに、他所者を排除することもない。古くから住んでいる人であろうと昨日東京に引っ越してきた人であろうと、似たような暮らしができるのが、東京という

街です。

それは「見たまんまの街」ということでもあります。わかりやすい例で言えば、とあるレストランに裏メニューが存在したとしても、雑誌の「裏メニュー特集」なんて記事になぜかそれが載っていて、裏にする意味なんて別にないじゃんねぇ、ということになっていたりする。東京という街の貪欲《どんよく》さが、裏を裏のままで放っておいてくれない、とでも言いましょうか。

対して京都には、裏が裏として存在しています。裏という言い方に語弊があるとしたら（裏日本、とか今は言ってはいけないみたいですし）、「奥」と言ってもいいのかもしれない。通りに面した入り口から入ると、奥へ奥へと細長く続く町家の造りのように、歴史も人も味も

芸も、外から一見しただけではうかがい知ることができぬ、重層的な奥深さがあるように見える。東京人の私としては、見慣れぬ「奥」のほの暗さが珍しくって、ついそちらの方に行きたくてたまらなくなるのです。

京都にしろ東京にしろ、またニューヨークにしろロンドンにしろ、都市に住む人は、

「世の中には、色々な人がいるのだ」

ということを経験として知っているものです。都市には、外の世界から様々な人が絶えずやってきますから、いちいち他所者を珍しがっている暇は無い。

しかし「私とは違う人」を奇異な存在として見ないのは同じでも、

東京は「違う人」を飲み込んで均一に消化していくのに対して、京都はたくさんの「違う人」達が、細かくそして厳密に分けられつつ共存している感じ。東京の平明感と京都の重層感とは、そんな風にして生まれているのではないでしょうか。

ではその違いはどこから生まれてくるのか、と考えた時に思い当るのは、やはり歴史の違いです。かの地に平安京ができたのは、西暦七九四年のこと。その前は奈良に都があり、桓武《かんむ》天皇がちょこっと長岡京へ遷都《せんと》した後、京都（とは当時は言っていないが）へ再度の遷都を行なった。

それから、千余年。京都はずっと〝京〟で〝都〟でありました。なにせ「京都」。「みやこです」としか言っていないその地名が、京都が

どのような土地であるかを、如実《にょじつ》に物語っています。
「東京」という地名も、「みやこです」と言っています。が、それは「東の、みやこです」ということ。ニューヨークが「ニューなヨーク」として命名されたのと似たような発想のもとに、東京は命名されている。

もちろん、江戸時代からこの地は都市ではあったのでした。が、江戸に将軍はいたけれど、帝《みかど》はいなかった。体育会系の都市である江戸を、文化系都市である京の人達は「まぁねぇ、田舎にだってマチは必要でしょうしねぇ」といった感じで見ていたのでしょう。

東京の雑食性の基礎は、この時期に醸成されたものと思われます。江戸には各藩の武士達が常駐しなければならなかったわけで、日本全

国から人が集まっていた。京から見ればアズマのド田舎である江戸に、日本全国の田舎から人が集結し、それぞれが「田舎者だと馬鹿《ばか》にされてはならじ！」と頑張ることによって江戸は発展したのでしょうし、「とはいえまぁ私達、所詮《しょせん》は田舎者なわけですしねぇ」と諦《あきら》めることによって、独特の寛容さ、というか鈍感さを養うことになったのではないか。

その後、色々あって明治維新。将軍はいなくなりましたが一八六九年、いよいよ帝が東にやってきて、江戸は東京となりました。東京はますます発展し、帝が不在となった京都は、街の勢いが一時期衰えたとはいうものの、政治・経済の生々しい現場感とは距離を置きつつ、日本文化の中心地となった。

京都のご老人は、「天皇さんは、ちょっと東京に行ってはるだけ」という感覚を今も持っている、という話を聞いたことがあります。「本当だったら京都が首都」という意識が、そこにはあるのだと思う。

確かにそれはごもっともですが、私は「首都が東京になっていてよかった」とも思う者。もし首都が京都のままだったら、戦時中は空襲に狙《ねら》われたでしょうし、戦後はバンバン開発されまくっていたでしょう。京都中が今の京都駅のような感じになっていたかもしれないのです。首都という汚れ役を東京が担《にな》ったからこそ、京都はギリギリのところで「奥」を「奥」のままに保つことができたのではないか。とはいえ、もしも京都が首都であり続けたら、日本はもっと違う国になっていたであろうなぁ、という気もするのですが。

日本中の県庁所在地が「小東京」と化している今、京都だけはあくまで京都なのであり、それどころか日本中に「小京都」と名乗る土地を従えています。東京の人が京都に魅力を感じるのは、そこがあくまで都会でありつつも小東京ではないから、でもあるのでしょう。

そして私は、都会を愛する者なのでした。自分が住む街とは全く別種の都会性が京都には存在するわけで、それがちょっと怖くもあり、またその未知なる都会性こそが、京都に惹かれる理由でもある。京都と東京、二つのみやこの違いとは何かを知るために、これからしばらく、東の京《みやこ》から京都という街を見つめてみたいと思います。

言葉　いけずと意地悪、もっさいとダサい

標準語以外の日本語を話すことができる人を、かねてより羨《うらや》ましく思っていたのです。

標準語を話す人というのは、他地方の人からすると「冷たい」とか「キツい」という印象を持たれがちです。確かに、お国言葉を話す人を見ていると、「根拠は無いが、この人が絶対に悪い人であるはずがない」と思えてくるもの。「標準語の会話を聞いているだけで心が温まる」ことなど、絶対にないというのに。

標準語は、どの地方の出身者が話しても、おかしいとはされない言葉です。東京人が他地方の方言を真似《まね》ると、その地方の人からは偽物《にせもの》扱いされたり、あまつさえ気持ち悪がられたりするものですが、地方の人が標準語を話しているのを聞いても、東京人は面と向かって気持ち悪がることを許されてはいない。

東北弁にしろ関西弁にしろ、話すだけで出身地を明確に規定する言葉と違い、標準語を話す人というのは、どこの出身なのかは言葉を聞いただけでは理解できません。東北弁を話す人の耳にはそれは得体の知れない言葉でありましょうし、その得体の知れなさが、冷たい響きとなって聞こえるでしょう。

私は東京で生まれ育った、標準語の話者です。下町出身ではないの

で「ヒヤシンス」を「シヤヒンス」と言ったりはしないし、

「するってぇとナンですか？」

みたいな、促音や撥《はつ》音を多用した跳ねるようにリズミカルな話し方も、しません。何らドラマティックでもなければ面白みも無い話し方なのです。

だからこそ私は、他地方のお国言葉に憧《あこが》れます。耳慣れぬ単語やイントネーションによってエキゾチシズムを刺激され、

「九州弁の男ってグッとくるわぁ」

とか、

「『……やきに』とかいう高知弁の語尾は男らしくてゾクゾクする」

というメンタリティが、もたらされる。

男性にとっても事情は同じのようで、標準語話者の男性は、女性のお国言葉に色気を感じるものなのだそうです。何弁を好むかは人それぞれでしょうが、中でも断トツ一番人気なのは「京都弁の女」。とある東京の男性は、

「『いやぁ、かなわんわぁ』なんて言われると、心がとろけるようだ」

と言っていたものです。

「いやぁ、かなわんわぁ」というのは、「あなたにはかないません」という敗北宣言を意味するものではありません。東京言葉にすれば「それは参りましたね」とか「それはいかがなものでしょうか」とか、端的に意訳すれば「イヤです」とか「変なの」といった意味となるわけです。もし、東京女がドスの利《き》いた冷静な声で、

「それはいかがなものですかね」

と言ったとしたら東京男はカチンとくるでしょうが、京都の女性から、

「いやぁ、かなわんわぁ」

と特有の高い声で言われたとしたら、男性はたとえ否定をされたとしても嫌な気はせず、それどころか「可愛《かわい》いなぁ」などと思うことでしょう。

では東京の男性が、女性の京都弁にグッとくる気持ちがエキゾチシズムによるものなのかといえば、それは少し違う気がするのでした。「いやぁ、かなわんわぁ」であろうと「おおきに」であろうと、使用法によっては厳しい拒絶の意味を持っていたりもするのが京都弁の特

徴ですが、その手の真の意味合いを、東京弁の男は薄々感じている。だからこそ「NOとは言わぬが意味はNO……っていうことをあなたは察知できるのかしら」的な言い回しをされた瞬間に一種のMっ気がうごめき、彼等は自分自身こそが京都弁の女性にとって「エキゾ」な存在であるということを理解するのではないか。

京都弁は、「自らの意思をよりマイルドに遠回しに伝える」だけの言葉ではありません。プラスの感情を伝える時には、思っている以上にオーバーになることもあるわけで、言うならば京都弁は、意味の強弱を随意につけやすい言葉、ということになるのではないでしょうか。

それは、むき出しの心を他人に見せないための配慮でもあるのでしょう。心付けはぽち袋に入れ、贈答品は風呂敷《ふろしき》に包むのが礼儀である

ように、思っていることをそのまま相手に提示するのは失礼だという意識が、京都人達の中にはあるのではないか。誰かに会う時は礼儀として化粧をするのと同じように、礼儀の一環として、自分の心をもラッピングしてみせるのだと思うのです。

それは演技の一種である、と言うこともできます。京都はウチとソトとの区別がはっきりしていると言いますが、ウチの中が楽屋だとしたら、楽屋から一歩出たらそこは舞台であるということを、無意識のうちに京都の人は自覚しているのでしょう。それは狭い京都でたくさんの人間がスムーズに生きていくための処世術でもあるのではないか。

標準語はその点、意味合いのボリューム調整には向いていない言語です。巨大都市・東京には、様々な情報とたくさんの人が錯綜《さくそう》してお

り、そこで使用される言葉に最初に求められるのは、「話者が言わんとすることをいかに正しく端的に相手に伝えるか」という合理性なのです。

また標準語は、前述のように様々な地方から東京に出てきた人達が使用する言葉でもあります。となるとその使用法もなるべくわかりやすくないと、標準語のネイティブスピーカーではない人同士が話す時に、混乱が生じてしまう。「誰が聞いてもわかるよう、物の言い方はなるべくシンプルに」という共通認識を基として、東京人のミもフタもないストレートな物言いは醸成されたのではないか。

なるべく端的に意味を伝えるということに重きが置かれるとなると、そこに装飾的な要素が入る余地はありません。かくして標準語は、愛

想という面においては非常に難のある言葉となり、「冷たい」などと言われるようになったのです。

とはいえ京都は、東京よりもよっぽど長期間、都であり続けた地。だというのに京都の言葉は表面上は非常に愛想フルである上に、物の言い方がシンプルではないという、現在の標準語とは反対の性格を持っています。これは何故《なぜ》なのかと考えてみると、東京と京都の、首都を張っていた期間と時期の違いに原因があるのでしょう。

明治になって、突然幕府が倒れたり天皇がやってきたり外国文化が入りこんできたりした東京では、きっと何事においてもスピード感とわかりやすさが要求され、元々の関東人気質ともあいまって、シンプルで愛想の無い物言いが成立した。

もちろん京都にも、千年にわたって日本の各地からたくさんの人がやってきたわけです。都にやってきた他所者《よそもの》は、時には福をもたらしたでしょうが、時には禍《わざわい》をももたらした。そして都の人々は、他所者がもたらす禍を警戒し、言葉によって、と言うよりは言葉の操り方によって、他所者が社会の中心部に簡単に入り込むことができないような迷路を作ってきたのではないか。

言葉の迷路を解く鍵《かぎ》を持っている人だけを狭い京都盆地に受け入れてきた、京都。対して東京は、関東平野が広大である分、とりあえず日本語が通じさえすれば、人を受け入れてきました。京都がよく剪定《せんてい》された盆栽のような都市だとしたら、東京は伸び放題のジャングルのようなものでしょうか。

「いけず」という性質、というか文化も、他所者と京都人、そして他人と自分とをキッチリ区別する剪定作業の中で磨かれてきたものと思われます。

「いけず」を標準語で言うとしたら、最も近い言葉は「意地悪」だと思われますが、「いけず」と「意地悪」間には、微妙な違いがあるらしい。

「いけず」は、広辞苑《こうじえん》によると「行けず」を語源とする言葉で、強情、意地悪、ならずもの、といった意味を持つそうです。意味合い的にも「意地悪」と近いわけですが、京都人の感覚からすると、「意地悪」の方が、より直截的《ちょくせつてき》なのです。

たとえば変な髪型をしてきた友達に、

「その髪型、ヘン！」

と素直に言うと、

「ひどーい、意地悪ね」

と相手から言われるわけです。つまり意地悪さとは、正直さと紙一重のもの。

京都人は、「その髪型、ヘン！」という東京人の言葉を聞いて、「ようそんなキツいこと言えるなぁ」と思います。そして、

「いやぁ、モダンな髪型やねぇ。ちょっと変わったタイプの洋服も着られるんと違う？」

と、あたりは柔らかいながらも「その髪型は変である上に今までの服装とも全然合ってませんよ」という意味を含めた物言いをする。

いけず照射の対象となるのは、他所者に限ったことではありません。場の雰囲気を乱すとか、機転がきかないとか、けじめが無いとか、知ったかぶりをするといった人達を見た時に京都人のいけず心はうずきだすわけで、迷路攻略法を知らない他所者は自然、対象になりやすいだけ。京都人同士の間でも、より高度で激しいいけず合戦は繰り広げられているのです。

いけずは、意地悪のように誰でも聞けばわかるというストレートさを持ちません。相手の頸《けい》動脈を一撃で断ち切るのが意地悪だとしたら、相手も気付かないような細い血管を何箇所も切っておいて次第に出血多量に追い込むのが、いけず。いやむしろ、傷つけたことすら相手に気付かせず、「あの人と私は、違う」と自分を納得させるためにする

のが、いけずなのかもしれません。

京都人は、自分がいけずであることに対して非常に自覚的です。ものすごく意地悪なことをしつつもそれが意地悪だとは自分では理解しようとせず、他人の意地悪性だけを批判するような鈍さを、京都人はよしとしない。いけずもまた明らかに演技なのであり、都市生活者としてのたしなみの一部なのでしょう。

いけずに遭遇したらいかに対応すべきかと、東京人らしくストレートにアドバイスを求めた時、

「カン使いよしや〜、って感じやな」

と、京都人は言いました。カンを使って場の空気と相手のいけず心とを素早く読み取らないと、その場でいけず返しをすることはできな

い。家に帰った頃になってやっと「あいたた……」と、負った傷に気付くということになってしまう、と。相手がもたせる「含み」を読み取るためにも、ぼーっとしていてはいけないのです。

京都の人の感覚においては、いけず合戦は、ゲームのようなものなのだそうです。仕掛けられたトラップを、ひょいっと上手に避けたり、返し技で一本取ってみたりという反射神経は、子供の頃から鍛えられているもの。慣れてしまえばかえって楽しい、らしい。

しかし他地方の人間が、京都人のいけずにいけずをもって返すのは、相当に困難な技でしょう。「これって、いけずなのかなぁ」などと思っても下手に返そうとせず、さっさと白旗をあげることが、最も痛手の少ない手法ではないかと、私は思っております。

「いけず」と「意地悪」が微妙に違うように、「もっさい」と「ダサい」も似ているようで、違う意味を持っています。まず、「ダサい」も「意地悪」と同様にミもフタもないストレートな言葉であるのに対して、「もっさい」はちょっと、柔らかい感じがする。

　あたりは柔らかくても当然、「もっさい」も意味はきついのです。「ダサい」は主に、外見的にセンスが悪いとか格好悪いという意味合いで使われることが多いのに対して、「もっさい」は「ダサい」的意味の他に、気が回らないとか、じじくさいといった、精神的非スマートさという意味合いもカバーする。

　この、気が回らないとか機転がきかないとかカンが働かないといったことは、京都においてはおおいなる罪悪です。京都というと、優雅

ではんなりという印象がありますが、外見ははんなりしていても、内側では猛烈な勢いで神経を回転させているのが京都の人。

私達としては、

「ちゃんと言葉で言ってくれないとわからない」

ということになるわけですが、やはり子供の頃から気を回し続けている京都人としては、言葉などで説明するよりも互いに気を回し合っている方が、いちいち言葉で言い合うより物事がちゃっちゃと運ぶらしいのです。その様子は、何でもはっきり言わなくては意思が通らないアメリカ人とかから見たら、ほとんどサイコパスのような域に達しているのではないか。

イエス・ノーをはっきり表明しないという京都人の特質も、「相手

は当然カンを働かせてくれるもの」という前提があるからこそのもの。相手の意思は、それまでの経緯や話のニュアンス、はたまた表情等から、読み取るべきなのです。

直截文化の東京であったら、はっきり「ノー」と言わない人に対して、

「イヤならイヤってハッキリ言ってくれればいいじゃないの」

となるところでしょう。しかし京都においては、「みなまで言う」のは、やはりもっさいことなのです。

京都におけるこの手の非直截文化の源は、平安時代に既に見られるように思います。源氏物語など読んでいると、「いやしからぬ」「浅からぬ」「にくからず」「あはれ少なからぬ」「けしうはあらず」といっ

た言い方が随所で出てくるもの。今でも「嫌いじゃない」とか「悪くない」といった非常に微妙な言い方は存在していますが、悪い言葉を否定することによって「ちょっと良い」という感じを出すという、まだるっこしいが日本人には欠かせない表現は、この頃からあったのです。

たとえば「あはれ少なからぬ」という言い方を見てみれば、「あはれ」が少なくはないのですから、あはれかあはれではないかと言ったら、あはれなのです。そこをストレートに「あはれ」と言わないのは、その方がよりあはれ感は増す、と紫式部が思ったからなのでしょう。

もちろん、「いみじうあはれ」などと言うほどのあはれさではなく、五段階評価で言ったら三程度のあはれさ加減を表現しようとしたから

こその「あはれ少なからぬ」という表現だとは思います。が、「中程度にあはれ」という意味合いの言葉を使用せず「全然あはれではないというわけではなかった」という二転三転的表現をするのは、都の非直截文化のあらわれではないかと私は思う。

東京の直截文化には、「自分の意思ははっきり口に出すことが善」といった欧米文化の影響も、感じられます。日本に欧米の文化が入ってくるようになってから非直截文化は劣勢になり、「表情から読み取ってもらいたい」という意思は「にやにやして気持ち悪い」と思われ、「イエス、ノーをはっきり言ってしまってはカドが立つ」という気分は「ノーと言えない」という悪癖と思われるようになった。

今となっては、日本古来の非直截文化を守り続ける唯一《ゆいいつ》の土地とな

ってしまった、京都。神社仏閣や町家の保存も大切ですが、その辺りの無形文化財も、大切にしていただきたいものだと思います。……って、別に私が言わずとも、確実に残りゆくものだとは思うのですけれど。

料理　薄味と濃い味

京都の食べものに「ヤラレタ」と思ったのは数年前の夏、思い立って二十泊二十一日の予定で京都に滞在した時でした。

一人旅だったので、お昼は適当に一人で食べ、夜は京都の友人に食事に連れていってもらうという日々。

二泊程度の予定で京都旅行をする時は、「せっかく来たからには京都らしいものを食べたい」ということで、昼は豆腐とか湯葉とかうどんとか生麩《なまふ》とかで、夜は懐石系の和食、おやつは甘党の店（関西圏で

は、和風甘味のことを「甘党」と言うようです。甘いもののことを「スイーツ」とか言われると恥ずかしさと怒りのあまり卒倒しそうになる私は、この言い方が好き）……といった感じで、ほぼ全食、和風な食べものになりがちです。

懐石料理は、確かに美味《おい》しいし美しいし高いし店の雰囲気も素敵だしで、「ああ、京都に来たわぁ」という気分を堪能《たんのう》することができるのです。二泊三日も和食漬けになっていると、東京に帰った途端、「パスタ！　もしくはカレー！」という気分にはなるものの、京都ではやはり、聖地巡礼感覚で和食を食べずにいられません。

しかし二十連泊するとなると、さすがにザ・和食ばかりでは飽きてしまいますし、日々懐石では懐《ふところ》も痛い。そんなわけで京都の中華、京

都の鶏肉《カシワ》に京都の牛肉、京都のお好み焼きに京都の定食、京都の釜飯《かまめし》に京都のハンバーグに京都のラーメンに……なんてものを食べているうちに、

「京都は、〝ハレめし〟もいいけど〝ケめし〟もいいのだなぁ！」

ということを、ひしと理解したのです。

ケめしというのはつまりまぁ、日々普通に食べる食事のこと。食事というのはイエめしとソトめしとに分けることもできますが、イエめしがかならずしもケめしなわけではなく、ソトめしながらケめし、イエめしながらハレめし、というのも存在するのです。

〝ソトめしにおけるケめし〟（ソト・ケめし）は、都市文化が花開いている場所においてしか、発達しないものです。ソト・ケめし発達の

条件というのは、

・住民が皆、忙しい（暇だったら家で食事を作っている）

・生活の各分野においてアウトソーシング化が進んでいる（餅《もち》は餅屋、ということを皆が理解している）

・個人主義が進んでいる（たとえ女が一人、ソトで食事をしていようと、異常と思われない土壌がある）

といったことであるわけですが、そんな条件を備えているのはすなわち、都市でしかない。京都の喫茶店でおばあさんが一人でトーストとコーヒーの朝食をとっている様子は、上海《シャンハイ》のお粥《かゆ》屋さんで朝、おばあさんが一人で油条《ゆじょう》（あげパン）を浮かべた粥をすすっている様子と似ているのです。

田舎においては、ソトめしと言えばすなわちハレめしを示す場合が多いものです。何かの記念日とか、お父さんの機嫌の良い日とか、職場の飲み会とかで、本来は寿司《すし》屋さんなのだけれどトンカツも生姜《しょうが》焼きもあるような、町唯一《ゆいいつ》にして一番の料理屋さんで、外食をする。ケめしの店もあるけれど、それはチェーンの居酒屋だったりファミレスやファストフードだったり小僧寿司だったりで、そこでしか食べられないものではない。で、お昼ごはんは、手作り弁当か社食。

ソト・ケめしが充実していない田舎であっても、それはそれで素晴らしい食生活ではあるのです。田舎のおばあさん手作りの漬物はおいしいし、裏の畑でとれた野菜や精米したてのご飯に勝るものはない。わざわざソトでケめしなんか食べる必要性自体、そこには無いのであ

りましょう。

しかし都市からやってきて田舎を旅する者は、ソト・ケめしの店が存在しないことに困惑します。見知らぬおばあさんに、

「えーと、手作りの漬物を食べさせていただくわけにいきませんか」

とは言えないし、外で食事ができそうなのは、いかにも観光客向けの店か、地元の常連しか行かないような飲み屋ばかりで、女一人で食事している人などいない。舟盛りの刺身なんか食べたくないしなぁ
……と、結局街道沿いのリンガーハットに入ってみたりするのです。

だから私は、京都における豊かなソト・ケめし文化に、感動するのでした。質の高いケめしを、手頃な価格でカジュアルに食べる。これは都市を訪れる時の最大の喜びであって、

「ああ、マチにやってきたのだなぁ」

と、思うことができるから。

もちろん東京も大都市ですので、様々なソト・ケめしが存在しています。東京を代表するソト・ケめしといえば蕎麦《そば》であり、私も一人で外で昼食を食べる時は、蕎麦屋さんに入ることが多い（しかし最近の東京のうどんブームとほぼ時を同じくして、京都には蕎麦屋ブーム到来。東西で麺類《めんるい》の交換が行なわれている感アリ）。他にもパスタやパン、テイクアウトできるデリといった洋風のものも充実しています。

が、京都のソト・ケめしを食べてみると、東京のそれとは様相が少し違うことに気付くのでした。たとえば祇園《ぎおん》の、予約も受け付けないような庶民的な中華屋さんの酢豚は、とろみの部分が茶色くなくて、

蜂蜜色《はちみついろ》くらいの透明感を持っている。

和食同様、中華にもダシを効かせているからなのか、薄口醤油《しょうゆ》を使用しているせいなのかはわかりません。が、同様の酢豚は北区の紫明《しめい》通の老舗《しにせ》中華屋さんでも食べたので、

「はぁ、東と西では酢豚も違うのか！」

と思った。

はたまた、豆腐やおあげの味の違い、とか。京都のうどんは讃岐《さぬき》あたりと違って意外にふわっとしていて、扁桃腺《へんとうせん》が痛くても飲み込める感じだし、あの緑色の九条葱《くじょうねぎ》も喉《のど》にはとっても良さそうであるな、とか。

旅先において、その土地の郷土料理が旅人にとって物珍しい味であ

るのは当たり前であり、どんな料理でも旅人にとってはハレめしなのです。しかし、酢豚だの豆腐だのうどんだのといった郷土料理とも言い難いケめしの類《たぐい》の味が、自分が知っているものとは微妙に、しかし確実に異なっていると、私は「ああ、アウェイにいるのだな」という感慨に浸ることができる。

京都の料理は薄味だとよく言いますが、ことケめしに限っては、そんなことはないような気がします。ダシが透明でサラリとしている京風ラーメンというのがありますが、あれはあくまで「京都ってこんな感じですよね」という他県人から見たイメージにおいて作られた「京風」ラーメンであって、「京都」ラーメンではない。京都ラーメンは、箸《はし》が立つことで有名な「天下一品」ならずとも、塩分もアブラ分もし

っかりきまったものが多いのです。東京風の中華ソバの方が、スープの色こそ醤油色で濃いけれど、味はごくあっさりと上品なのではないかと思えるような。

味のきまり具合に関して言えば、親子丼《どん》や木の葉丼といった、力餅食堂（関西一円にのれん分けが広がっている食堂の名。麺類、カレー、ラーメンに丼《どんぶり》にいなり寿司と、お馴染《なじ》みのケめしメニューを揃《そろ》える）で食べられるような丼ものにしても、しっかりしている。

京都の食べものはかならずしも薄味ではないということは、京都の人達が書いた京都の本を読んでいても、理解できるところです。

京都の味に対する古典的な解釈としては、

「（中略）京料理というものは、だいたいきわめてあっさりしている。

江戸のつけ味、大阪のだし味に対して、京のもの味である。味が淡泊で上品である。繊細で微妙である。天ぷらやすきやきまでその傾向がある。これは料理屋ばかりではない。家庭の台所まで浸透した大原理である。」（梅棹忠夫《うめさおただお》『梅棹忠夫の京都案内』）

といったところがあろうかと思いますが、

「俗に、京の薄味、といわれるが、意外に京都人は、こってりした濃い味を好む。ただ、吸い物やうどんの出汁《だし》色が薄いことから、そう思われているに過ぎず、色から来る錯覚である。もしくは、京都人が薄味を好まないと、イメージにそぐわないから、かもしれない。いずれにせよ、京都人の多くは、あっさり、より、こってり、を好む。」（柏井壽《かしわいひさし》『京料理の迷宮』）

なんていう文章を読むと、「どっちなんだ」と思う。さらには、「なにはともあれ、コッテリとボリュームを求め続けるポテンシャルこそが千年の都の原動力なのは間違いないだろう」「京都ラーメンがコッテリしているうちは、京文化は新しいものを生み出せるのではないかと私は思う。何しろ京言葉で『美しい』ことを『味濃い』と表現するくらいなのだ。」(入江敦彦『やっぱり京都人だけが知っている』)

ともしてある。

一九二〇年生まれの梅棹忠夫先生と、戦後生まれの柏井、入江両氏とでは、多少の味覚の違いがあるのかもしれません。当時の京都の人には、他郷の人の前で「濃い味が好き」とは意地でも言えぬ、という

矜持《きょうじ》もあったのかもしれない。

しかしまぁ、これらを読んで思うのは、「一口に京都人と言っても、味覚は色々」なのであろうということと、「京都の食べ物は淡泊で味が薄い」のではなく、「京都において高貴な人が食べていたものは、淡白で味が薄かった」のではないか、ということ。

あっさりして淡泊な和食の味というのは、寺や朝廷の料理から発達してきたものと思われます。お坊さんや貴族達は、汗水たらして労働する必要はなかったでしょうから、ダシの味を効かせて素材そのものの味を楽しむといった上品な食事を堪能する余裕を持っていたことでしょう。

しかし薄味の料理を楽しむ上流階級の人達が存在する陰には、その

人達の生活を支えるためにたくさんの肉体労働者が存在したはずであって、汗水たらして働く彼らはやはり、しっかり塩味のきまった食べ物を欲したであろう。そして京都には、淡泊・薄味のハレめし文化と、こってり・濃い味のケめし文化が、両方とも発展し続けたのではないか、と。もちろん高貴な方々も、たまに食べるこってり濃い味メシのおいしさというのは、十分に知っていたでしょうし。

私は東京西部で生まれた武蔵野っ子ですので、当然こってり濃い味が好きです。蕎麦を食べる時だって、先っちょだけ汁に浸《つ》けるなんていう意地は、意地でも張らない。そんな私にとって京都は、元来の濃い味欲求も、そして「ここに来たからにはグルタミン酸味《だし》をたっぷり堪能したい」という薄味欲求も、両方満足させてくれる場所なのでし

た。

京都の食シーンを思い浮べた時、味以外に特徴的なもう一つのこと。それは、「カウンター・カルチャー」です。

カウンター・カルチャーといっても、既成権力に俺達は対抗するゼ、ピース！　みたいなことではなく、まぁ京都には確かにそういった気概も存在はしているけれど、つまりここで言うカウンターとは、皆が同じ方向を向いて飲食する、長ーいテーブルのこと。

私は京都においてふと気がつくと、カウンターにばかり座っているのです。和食屋さん、フレンチ、ショットバーやお茶屋バー。そういえばイノダコーヒの三条店も、ぐるりと円を描くカウンターが特徴的

です。とにかく京都に行くと、東京での飲食生活よりうんと頻繁に、カウンターで飲食する機会がある。

昔の町家の区割りを利用した、鰻《うなぎ》の寝床のような店が多いから、必然的にカウンターにせざるを得ないという事情もあろうかとは思います。個人客が多いので、カウンターの方が便利なのかもしれない。

しかし私は、前出の入江敦彦氏著『ほんまに京都人だけが知っている』の「タクシー」の章を読んでいて、「あ」と思ったのでした。そこでは、「京都のタクシーは基本的に、運転手がお茶席で言うところの〝主人〟であり、主人が客を見てその客がその場に相応《ふさわ》しいかどうかを判断する」といったことが書いてありました（しかしMKタクシーはその関係を逆転させてしまった、というところに納得！）。とい

うことは飲食店においても、カウンターの向こうにいる料理人は、客にとっては「主人」ということになるではありませんか。

東京にも、カウンターの店は存在します。東京のカウンターの店は、どちらかというと、カウンターに座る客をエンターテインするために料理人が存在している、という感じがする。つまり、客が料理人を「観《み》て」いるのです。

対して京都のカウンターの店においては、料理人は客をエンターテインするためだけに存在しているのではありません。彼等は料理を作ることはもちろんですが、カウンターの向こうから、その客が店に相応しいかどうか「観る」ために、存在しているのです。

京都のカウンターの店は、客の視線と料理人の視線のせめぎあいが

醸成する緊張感に、満ちているのでした。そしてその緊張感の質は、カウンターの木材の質と比例しているような気が私はする。

女の腹のように白くすべすべした木材を片手で撫《な》でつつ、カウンターのあちらとこちらのバランスがとれた緊張感を、楽しむ。きっと京都で食事をする最高の楽しみはそんなところにあるのでしょう。が、そんな境地に私が達する見込みは今のところ全く無く、白木のカウンターに黒い醬油をこぼさないようにするのが精一杯なのでした。

節約　始末とケチ

　子供の頃、千代紙が好きでよく集めていた私は、大人になってからもやはり千代紙好きなのでした。千代紙と見るとついつい買ってしまうし、空き箱にきれいな千代紙を貼《は》る、といったおばあさんのような作業を、ふと気がつくと一心不乱に行なっていたりする。

　ある日、東京の下町にある老舗《しにせ》の千代紙屋さんで、いつものように千代紙を物色していた時のこと。千代紙というものは、紙とはいえ一枚がそう安くはないものであり、どれにしようかと真剣に悩んでいた

ところ、お店の人と千代紙談義となったのでした。するとお店の人は、「うちの千代紙を刷る版木《はんぎ》は、そう深く彫っていないから、版木がすり減って使えなくなるのも早い。けれど京都の方では、版木が東京より深ーく彫ってあるから、いくら刷っても長持ちするみたいですよ。こう言っちゃナンですけどホラ、あちらの方ってケチじゃないですか」

といったことをおっしゃったのでした。

なるほどねぇ、と私は一瞬納得したのですが、「じゃあ東京でも、もっと版木を深く彫ればよいのではないの？」とも思った。別に意地を張って浅く版木を彫らずとも、少し深く彫って版木を長持ちさせる努力をしても、千代紙作りに何ら支障はきたさないのではないか、と。

しかし同時に、「うちの版木は浅い」と、なぜか誇らし気に言う千代紙屋さんに、東京人としての矜持《きょうじ》のようなものも、私は見てとったのでした。借金してでも初ものを食べるとか、風邪をひいても薄着でいるとか、宵越しの金は持たないといったことと同様の、当事者以外にはあまり意味を持たないが当事者にとっては非常に重要な江戸人の意地、のようなものがそこにはあるような気がしたのです。

京都の千代紙の版木が、本当に東京よりも深く彫ってあるのかどうか、私は知りません。が、東京人の中には明らかに、「関西の人はケチ」というイメージがあるのであって、その手のイメージが「京都の版木は深い」という伝説につながっていったのかもしれない。

「そこへ行くとウチなんざァ、そんなセコいことは考えていやしませ

んよ」

と、東京の千代紙屋さんは対抗意識を燃やしているのでしょう。

関西の人は、ケチ。このイメージは現在、主に大阪のおばちゃんによって醸成されています。デパートですら値切る、というその感覚は東京には無いものなのであり、海外旅行先の土産物屋において、店員さんに全く通じていないのに関西弁で値切り倒しているおばちゃん達を見ると、素直に定価で買いがちな東京人としては、「やっぱりあちらの方ってケチなんだわ……」と思う。

その印象は、「大阪のおばちゃん」だけに限定されず、関西一円に広がっています。東日本に住む多くの人には、「関西弁を話す人はみな同じ関西人」というイメージがあるものです。和歌山出身の明石家

さんまも、京都出身の島田紳助も、大阪出身の和田アキ子も、はたまた高知出身の故・横山やすしも、「ま、同じようなものだろう」と私達は思っているのであり、だからこそ「関西の人は、ケチ」というザックリしたイメージを持っている。

関東においては、東京も千葉も埼玉も神奈川もだいたい同じようなものだろう、という感覚はそう間違ってはいません。その辺に住む多くの人は、東京イメージに同化しているのであって、東京と千葉と埼玉がいがみ合う、みたいなこともない。

しかし関西において、それぞれの都市の個性は際立《きわだ》っています。京都と大阪と神戸の間には深い溝や高い壁があり、互いに「ウチがいちばん」と思ってるきらいがある。そんなところに、関東人が無邪気に、

「関西の人は、みんなケチ」

というイメージを持ち込んだら、関西各都市の人々は、それぞれムッとなさることでありましょう。

特に京都の人は、

「京都人は、ケチとは違う」

という意識を強く持っていることと思います。つまりは「京都の場合、ケチではなくて始末や！」と。

京都において「始末がいい」という言い方は、時に京都特有の揶揄《やゆ》味《み》が混じることはあっても、基本的には誉め言葉です。それは一言で言えば、「無駄なく暮らす」といった、今風な言葉を使えばロハス的な暮らし、ということなのだと思う。それは、必要な時に必要なもの

まで出し渋るという吝嗇《りんしょく》とは違い、何ら恥ずべきことではない、と。

以前、京都のとある老舗昆布店に入ってみたところ、型抜きをした後の、抜かれた方の昆布も商品として売られていたのでした。「これも始末、ということなのであろう」と思ったものですが、もし東京の昆布屋さんであったら、パン屋さんにおけるパンの耳のように、見栄《みえ》と意地によって「ご自由にお持ち下さい」なんて言うのではないか、と思ったことでした。

始末の精神が最もよく発揮されるのは、家庭における食生活のようです。そして、始末の精神によって作られているのが、おばんざいというもの。

おばんざいというと、今となってはほとんど京都の名物料理の一ジ

ャンルとなっていて、先斗町《ぽんとちょう》あたりでも「おばんざいの店」があったりするわけです。が、おばんざいとはそもそも、普通の家庭で作られる普通のおかずのこと。

おばんざい界の名著、『京のおばんざい』（大村しげ他著）というエッセイ集を読んでいると、京都の家庭では、季節毎《ごと》、行事毎に、実に様々なおばんざいが作られていることが理解できます。本で紹介されているのはどれも、季節の素材や乾物を上手に無駄なく料理した品で、写真が添えられていなくとも「ああ、食べたい」という気分になってくる。

「九月」の章にある「にしんこぶ」の項には、手間がかかるにしんこぶの作り方が記された後で、

「手間と時間はなんぼでもかけても、ふだんの暮らしにはお金かけへん」

といった文章が出てくるのでした。始末とはつまりそういうことなのだと思うのですが、ここで私が思うのは、「京都に高級スーパーが無いのは、だからなのかもしれないなぁ」ということ。

東京には、紀ノ国屋をはじめとして、ナショナル麻布スーパーだのザ・ガーデン自由が丘だの、通常のスーパーよりも価格が数割増しで、ちょっと洒落《しやれ》たものや珍しいものを売っているスーパーがたくさんあるわけですが、京都にはその手の店が、三条の明治屋（それも小規模）くらいしかない。お金持ちはたくさんいるというのにこれ如何《いか》に……、と私は思っていた。

もちろん、高級スーパーで買物をせずとも、昔から買物をしている馴染《なじ》みの商店で良い食材を買うことができるから、といった理由もあるのでしょう。が、たとえお金持ちの人であっても、「ふだんの暮らしにはお金かけへん」と思っているからこそ、「ふだんのおかずを作るのに、高級スーパーで高い食材なんか買わんでよろし」という感覚になるのではないか。

また京都人はよく、「値打ち」という言葉を口にするものです。八千円のお料理のコースなのにあのお造りの質とは値打ちがある、とか。ジュースが千円もするのにフレッシュではないとは値打ちがない、とか。つまりそれは「費用対効果」、もしくは「買う甲斐《かい》」といった意味なのだと思うのですが、彼等は「値打ち」の吟味には非常にシビア。

「食材が入った高級スーパーの袋を持ち歩くのが何となく快感」程度の幻想には、何ら「値打ち」を見いださないのでしょう。

　しかし、前述の文章において重要になってくるのは、「お金かけへん」のは、「ふだんの暮らし」についてである、という部分です。

　ふだんの暮らしにはお金をかけないということは、つまり普段ではない時にはそれなりにお金をかけますよ、ということを意味します。何かの行事の時、お付き合いの時、お出かけの時。そういったハレの場面においては、見違えるほどバシッとよそ行きを着て、それなりの場所へ行き、それなりのことをするのが、京都人。そんな時の京都人の姿を見ると、「確かに、これはケチというのとは違う」と、思えてくるのです。

東京において、普段はつつましく暮らして、ここぞという時にどーんとお金をかけるということをすると、

「あの人、普段はケチケチしているのに実は貯《た》め込んでいるのね」

みたいなことを陰で言われることがあります。東京においては、お金を持っている人は、普段から「私はこの程度のお金を持っています」ということを、服装においても行動においても示しておかないと、不正直とか、秘密主義とか、はたまた「実はがめつい人」と見られがち。その辺は、「腹の内はさらしておきましょうよ！」といった東京人のストレートさを表している感覚だと思いますが。

つまり、ちゃんとした礼服は持っていなくとも普段に三万円のシャツを着るのが東京人だとしたら、普段はユニクロのシャツを着ていて

も、誂《あつら》えた上等の礼服を持っているのが京都人、という感覚。ハレとケで言うならば、ハレ消費に京都人は重きを置くのです。

別の言い方をすると、東京では普段からハレっぱなし、つまりケのハレ化が進んでいると言うこともできましょう。誰もがブランド物を持ち、誰もが高級レストランを予約できるのが、東京。そして、普段からハレ消費をしてしまうために、肝心な時にお金が無くてケチらざるを得なかったりするのが、東京人。つまり東京にはわかりやすいクラスは無く、「下流社会」と言われたところで、今日び下流の人だってヴィトンを持っています。

対して京都においては、見えないながらもしっかりと、クラスのようなものが存在し続けているように思えます。

たとえば、かねてより私は、京都は他都市と比べると、ブランド物の店舗の勢いが弱いように思っていたのでした。東京はもちろんのこと、名古屋でも福岡でも、大都市のブランドショップには色と欲との生々しい空気が渦巻いているものですが、京都のその手の店の雰囲気は、いたって落ちついている。

それでも二〇〇四年には四条通に、ヨーロッパ系ラグジュアリーブランドとしては京都唯一《ゆいいつ》の路面店であるルイ・ヴィトンのお店ができました。京都くらいの規模の都市としては、その手の路面店が一つしかないのは少ないと思われるのですが、その店に対しても京都人は、

「また東京資本が……」

と（いや本当はフランス資本なのですが）、冷静にあしらっている。

ブランド店にしても、前述の高級スーパーにしても、「身の丈に合わないものは、買わない」というのが、京都人の感覚なのでしょう。東京では、ヴィトンを持っている高校生もいるし、二十歳そこそこのカップルが、

「ちょっと格好いいしー」

と、鍋《なべ》を作るための材料を紀ノ国屋に買いに行ってネギの高さに仰天し、最も安いものだけを選りすぐって買ったりしている姿を見かけます。価格というものに対する旺盛《おうせい》なチャレンジ精神が、東京人にはある。

その手のチャレンジは、しかし京都人にとっては恥ずかしいことなのです。買うべきもののクラス、身につけるべきもののクラスが、先

祖の頃から染みついているからこそ、「皆がヴィトンを持っているのに、自分だけ持っていない恥ずかしさ」ではなく、「ヴィトンを持つべきでないクラスの人がヴィトンを持つ恥ずかしさ」が、まだ残っているのではないか。

源氏物語には、よく「際《きは》」とか「品《しな》」といった言葉が出てくるのでした。「際」も「品」も、色々な意味を持つ言葉ですが、共通するのは「身のほど」とか「身分」といった意味合い。そして源氏物語の登場人物達は、

「低い身分の者は、結局低い身分にすぎない」

だの、

「相手として不足なほどに低い身分」

だの、

「相手よりどれほどひけをとる身分だというのだ」

だのと、やたらと身分のことを気にかけている。

これは、身分の差が厳然として存在していた時代には当たり前の感覚なのだと思います。平安のみやこ人《びと》にとって、身分の違いは絶対のもの。身分に相応した衣服や態度や教養を身につけていないと、非難の対象となったのです。

この「相応」というのはなかなか難しく、頑張って身のほど以上のものを身につけたからとて称賛されるわけではなく、それはかえって「背伸びなんかして」とみっともないことであったりする。あくまで、身分相応でなければならなかったのです。

反対に、身分の差が存在していたからこそ、

「女の良《よ》し悪《あ》しは、身分の高低にかかわらないものだ」

とか、

「中途半端《はんぱ》な身分の女は、かえって高い身分の女よりも気位が高い」

といった、「身分差を超越することによって生まれる妙味」のようなものも、同時に彼等は味わっているわけですが。

その「身分相応」の精神は、身分差というものがなくなった現在になっても、京都の人の中に息づいているのでしょう。別に位階など無くとも、京都に生まれ育った限りは、自らの「際」だの「品」だのというものを意識せざるを得ない。そして、その立ち位置に相応した衣服や態度や教養、そしてお金の使い方をするようになるのです。

イザという時に、自分の「際」に合ったお金の使い方をするために、普段は始末をすることを厭《いと》わない京都人。対して「際」「品」を意識する機会が少ないフラットな世界で生きる東京人は、お金の使い方もフラット。変な時にハタと「お金が無い！」ということに気付き、別にロハスな人でもないのに、急にトイレの給水タンクにペットボトルを沈めてみたりするのが、東京流のヤケクソケチ。

かく言う私も、普段はちゃらちゃらとお金を使いつつ、冠婚葬祭などイザという時にかかるお金に対しては、「げっ、こんなに高いの……？」と、ついケチりたくなる質《たち》なのでした。そしていつも、「もっと良い喪服を買っておけばよかった」などと後悔する。

ついついお金を遣いたくなるような仕掛けがあちこちにしてある東

京において、外ではシャンパンを飲みながらも靴下に穴が開いているような、東京人。京都に遊びに行けば京都の誘惑に負けて、またいっぱいお金を落としていく、東京人。ちっとも始末ができない私としては、自分を含めてそんな同胞達が、ちょっといとおしくも思えるのでした。

贈答　おためとお返し

贈答問題というものがこの世に存在することに初めて気付いたのは、小学校時代のお誕生日会においてだったのでした。

誕生日前後の休日に自宅で開く、お誕生日会。仲の良い友達を招待し、皆で遊んでお昼ご飯を食べてケーキのローソクを吹き消して、みたいなことをするのです。招待された友達はそれぞれプレゼントを持ってきて誕生日の子に渡し、帰る時にはちょっとした「お返し」をいただくのが常でした。

「もらったら、返す」。

世間に存在するこの法則に初めて出会ったのは、まさにこの時です。家族内の関係においては、お年玉にしても誕生日やクリスマスのプレゼントにしても、もらったらもらいっ放しでよかった子供時代ですが、お友達の社会においては、何かをもらったら何かを返す必要性があるらしいことを、この時の私はうっすらと感じたのでした。

「もらったら、返す」。

次にこの問題について深く考えるようになるのは、グッと大人になって、結婚式やお葬式の主役とか主催者となる時でしょう。結婚式では、引出物を。葬儀では、お香典《こうでん》返しを。他人様から何かを、特にお金をいただいた時は、必ず何かを返す必要があるということは、日本

人であれば誰しも何となくわかってはいるわけです。が、結婚や葬儀という家の問題に際した時、初めて人は「失礼があってはならぬ」という贈答プレッシャーを感じることとなる。ギフトカタログなどをためつすがめつしつつ、「贈答ってまさに『贈』と『答』のバランスの問題なわけね。ああ、大人の世界って面倒臭いわぁ……」と、改めて思うこととなる。

しかし、京都。京都人の贈答術を見ていると、東京の贈答シーンくらいで「面倒臭い」などと言っている場合ではないことを、私は思い知ります。京都の文房具屋さんに行くと、東京よりはるかに多様のぽち袋や祝儀《しゅうぎ》袋や熨斗《のし》袋の類《たぐい》が用意されており、京都人のお礼とか心付けとかの渡し方は、実にスマート。底知れぬ贈答文化が京都に存在し

ているのであろうことは、東京人の私にもうっすらと理解できるのです。

またある日、京都の知人と話していた時のこと。

「東京の結婚式に呼ばれた時って、披露宴の会場にお祝いを持っていけばいいいだけやから、ラクやーん？」

と言われて、私はキョトンとしました。

「え、そうだけど……っていうか、それ以外の方法って何かあるわけ？」

と聞き返すと、京都における結婚祝いの方法、というものを教えてくれたのです。

仲の良い友人の結婚式に招かれた場合、礼節を心得ている京都人で

あれば、披露宴会場にお祝いの入った袋を持っていくことは、あまりない。ではどうするのかというと、何事においても「お祝いは事前に」という意識のある京都においては、結婚式より前に、新郎なり新婦なりの家にお祝いを直接持っていくのが正式だというのです（つまり披露宴の時は手ぶらで行く）。

それも、単に持っていけばいいというわけではありません。金封に自分で名前を書いたりはせず、結納《ゆいのう》屋さんで名前を書いてもらった袋をへぎ台に載せた結婚祝いセットを、塗りのお盆に載せて袱紗《ふくさ》をかけて風呂敷《ふろしき》で包み、大安の佳《よ》き日の午前中を選んで、きちんとした格好をして訪問するのです。

当然ながら迎える方も、きちんとした格好で客を迎え、昆布茶など

を出してしばし歓談。

「披露宴の時は皆と話せないから、この時に結婚する相手のこととか新居のこととか、色々と話しておける」

のだそうです。そしていただいたお祝いの袋は、結納飾りや結婚衣装とともに、床の間の前に飾られることとなる。

ですから挙式前、特に新婦の家庭は非常に忙しいのです。常に茶菓の用意はしていなければならないし、休日だからといってゆっくり休んでなどいられないし、お祝いのお客さまが何組もバッティングすることもある。そしてお座敷に並ぶ熨斗袋の数は、挙式が近付くにつれて日に日に増えていく、と。

適齢期の若い娘さん達も、友達が結婚する度に結納屋さんに行った

り友達の家に行ったりと、結婚シーズンはとても忙しいのだそうです。「そんな習慣が東京にもあれば、結婚に対する意識はいやが上にも高まり、〝私も早く皆にお祝いしてもらいたい〟と気もあせり、ここまで晩婚化は進まなかったのでは？」という気もします。が、披露宴に招待されたら、せいぜい服装や髪型のことだけ心配していればいい東京の者からしてみると、それは何とも面倒臭そうな習慣。ああ東京でよかった、とも思います。

本来の意味から考えれば、披露宴会場で、まるで入場料のようにお祝いの入った袋を渡すよりは、自宅を訪問して直接お祝いを渡す方が、はるかに「祝っている」という感じは強いことでしょう。やはり京都、様々な面において〝本来の意味〟が残っているものだと思います。

自宅まで行って結婚祝いを本人に直接渡すということ以外にも、東京人にとって非常に新鮮なのは、この時のお返しは現金だ、ということです。お祝いが五万円であれば五千円。三万円であれば三千円。つまり結婚祝いとしていただいた金額の一割（地域によってこの率が変化することも）を金封に入れ、その場でお返しするのが京都の礼儀。

なぜ、現金なのか。この行為を「おため」とか「おうつり」と言う場合もあるようで、つまりは「おめでたさのお裾《すそ》分け」的な意味合いを持つらしいのです。「わざわざいらして下さったお車代くらいは」的な意味合いも、そこには含まれているのでしょう。当然、挙式前の家庭では、お返し用の新札と金封も常に用意しておかなくてはならないわけです（品物でお返しするところもあるらしいが）。

婚礼時以外にも、京都では「おため」という言葉をよく聞くものです。標準語で言うとそれは「お返し」的な言葉ではあるのですが、両者の意味はイコールではない。それではここで少し、おためとお返しの違いについて、考えてみましょう。

広辞苑《こうじえん》では「御賜め」という字で記されている、「おため」。塩月弥栄子先生の『続 冠婚葬祭入門』においても、「おため」は『賜《た》べ』の系統のことば」としてあり、いずれにせよ、「賜《た》ぶ」という動詞から生まれた言い方のようです。私は「同等」とか「釣り合う」という意味において、「ため歳《どし》」とか「ため語」も同じ語源なのではと思っているのですが、下品な方の「ため」は「タイマン」を語源としているのかもしれません。

この「おためし」、東京人が思う「お返し」と異なるのは、その適用範囲の広さと、その即時性においてです。

たとえば、近所の人が旅行のお土産を家に届けてくれたとする。東京の人であれば、

「あら、ありがとう」

と受け取り、「次に自分が旅行に行った時は、お土産を買ってきてお返しをしなくちゃ」と思う。なかなか旅行に行かない場合は、もらいっ放しでお返しを忘れるということも、あり得るでしょう。

対して京都の人は、お土産を持ってきてくれた人に、その場ですぐ、何かちょっとした「おため」を返すのです。そのために、家には常に、急にもらい物をした時におためとして返すことができるようなもの

――ハンカチでもお菓子でも懐紙でも――が用意してあることが、理想的。もし、おためになるものが家に無い時は、なるべく早く用意して、お土産をくれた人に渡す、と。

また、たとえば習い事の先生のお宅にお歳暮を持って行ったとする。その時もやはり、先生はいただいたものの一割程度とおぼしきおためのの品を、必ず返してくれるのです。「袱紗をカラでは返さへん」ということらしい。

自分の子供の頃を思い返してみると、お隣の家に回覧板を持っていった時など、お駄賃としてお菓子や果物をいただいたことを記憶しています。東京においても昔は、おため行為とまではきっちりしていなくとも、それに近いことが行なわれていた形跡はあるのです。

しかし今の東京では、隣に住む人が知り合いではないことが多いのでした。知り合いではないとなれば、隣家に届け物をすることもないし、もし子供が隣家の人からお菓子をもらったとしても、親は「知らない人からもらったものを食べちゃ駄目」と言うことでしょう。タッパーに入った煮物をいただいた時に、そのタッパーを空では返さないくらいのおため意識は東京人にもあるものの、タッパー入りの煮物をやりとりする関係自体、地縁《ちえん》が消えつつある東京では成立しづらいのです。

贈り物を「直接、手渡す」ということについて、東京人よりずっと重きを置いているのが、京都人です。お給料にしても、老舗《しにせ》系の会社では、手渡しにしているところが今も多い（もちろん、新札）。季節

の贈答にしても手渡しを重んじる気風はあるのであって、年配の人の中には「いつ人が来るかもしれないから」と、お中元・お歳暮のシーズンには家を空けないようにする人もいるというではありませんか。

それは、京都くらいのサイズの街であるからこそ可能なことなのかもしれません。東京に比べたらぐっとコンパクトな京都では、友人・知人が住む範囲もさほど広くないでしょうし、西の端から東の端までタクシーに乗ったとしても、たいした金額にはならないし。

対して東京はあまりに広く、「他人の家を訪問する」ことに対する負担感は、京都の比になりません。住宅事情にも余裕は無いため、「他人に訪問される」ことに対する負担感もまた、京都の比ではないのです。

そんな東京においては、「何かを贈る時は、訪問して渡すより郵送の方が先方の迷惑とならない」というのがむしろマナーであり、「本来なら訪問して渡すのが正式」ということは、ほとんど忘れられているのでした。

現在の東京人にとって贈答は、個人的欲求を発散するための一手段となっています。東京人にとって「誰かに何かをあげる」ということは、自らの〝あげたい欲求〟を発散させるためのレジャー行為。「贈」した時点でその欲求は充足しているので、別に「答」がなくとも、それほど気にならない。

もらう側もまた、その辺の感覚を理解しています。何かをもらう時は「くれるって言うから、もらっておく」という感覚であり、「くだ

さいってこちらが言ったわけでなし」と、相手に対する負い目も少ない。「すぐさま何かを返さなくては」という気分にもならなかったりするのです。

私の東京の友人はある時、お世話になった人に「自分だったらこれが欲しい」と思って選んだ写真立てをプレゼントしたのだそうです。すると相手は包みを開けて品を見てから、

「この写真立てはとても素敵だけれど、我が家のテイストにはどうしても合わないし、私は無駄な物は家に置かないようにしている。だから本当に申し訳ないけれど、気持ちだけをいただいて、写真立てはあなたにお返しします」

といったことを言われ、本当に写真立てを返されたのだそうです。

友人は、
「ちょっとショックだったけど、確かにそうだなぁと思って納得した」

と言っていましたが、私はこの話を聞いて「東京らしいなぁ」と思ったのでした。友人は写真立てによって贈答欲求を発散させ、そして相手は「受け取りたくない」という欲求を素直に出して、贈答ストレスをため込まないようにしている。「贈＆答というキャッチボールを無視して、人間関係がスムーズでなくなったらどうしよう」といった思いよりも、自己の満足感を高めることを優先させているのです。

対して京都人にとって贈答は、個人的な欲求を発散するための手段ではなく、重要なコミュニケーション手段です。「こんにちは」と言

われて「こんにちは」と返さない人はいないように、何かをもらったらそれに見合うものを返すのが、当たり前。相手に失礼にならないおためを返すには、もらったものの価格を調べることも、厭《いと》いません。下品なたとえで恐縮ですが、東京人にとっての贈答行為が自慰行為のようなものだとしたら、京都人の贈答行為はセックス、ということになるのでしょう。

自慰行為とセックスを比べたら、当然セックスの方が何かと面倒臭いものです。相手が求めているものを探る努力をしなければならないし、終った後は「本当に先方にご満足いただけたであろうか」みたいな不安もよぎる。相手が「イヤ」と言ったら、それが本当に「嫌だ」という意味なのか、それとも「もう一押ししてほしい」というサイン

なのかを見極めなくてはならないように、何かを贈る時も「とんでもない、そんなお気遣いなく！」という言葉を額面通り受け取った方がいいのか、懐《ふところ》にねじ込むようにしてでも渡した方がいいのか（ま、たいてい後者という気がしますが）、見極めなくてはならない。

しかしだからこそ、互いが求めているものを与え合うことができると、大きな喜びが生まれるのです。「もらって、返す」という双方向の贈答行為が流れるように成立した時は、体操選手が着地をピタリと決めたような満足感が生まれるのではないか。

あげたいからあげて、くれるからもらうという東京の贈答感覚は、京都と比べるとより個人主義的に見えます。が、京都の贈答感覚は

「相手に絶対に借りを作らない」という意味において、実は東京よりもずっと個人主義的なのかもしれません。

京都の人達は、贈答によるコミュニケーションは形成しつつも、贈&答をきっちり往復させることによって、その関係性を一回ずつ完結させています。彼等から見たら「場合によってはあげっ放し、もらいっ放しでも平気」という東京的感覚は、相手と中途半端《はんぱ》につながったままのようで、非常に気持ち悪いのではないか。

たとえば東京であれば、誰かから食事を奢《おご》られた時、こちらが相手に好意を持っていれば「次は私が」ということになりましょうが、そうでもない時は「向こうが奢りたかったのだから奢らせておけばいいや」と、奢られ続けても平気だったりする。それは、「相手に借りを

作る」ということではなく、「奢られるのは別にやぶさかでないが、私はあなたに特別な関心を持っていません」という意思の表明となるのです。

対して京都では、たとえ経済的にうんと格差があろうと、奢られ続けるのは気持ちが悪いので、奢ってくれた人には何らかのおためを返さなくてはならない。つまり彼等は、「こちらが奢ってあげたいくらいの人からしか、奢ってもらわない方がいい」という意識を、最初から持っているのです。

そういえば私も、奢られっ放しでも全く平気なごっつぁん体質であるなぁ、いかんいかん……。などと思いつつ四条河原町をぶらぶら歩いていた時のこと。ふと思い立ち、高島屋の結納用品売場をのぞいて

みることにしました。京都の高島屋の結納品売場は、東京・日本橋の高島屋のブライダルサロンよりも、明らかに立派です。カウンターでは、嫁ぐ日を待つ茶髪の女の子が打ち合せをしており、嫁ぎ先のご両親へのお土産的意味合いを持つ目録なのでしょう、「父上様」「母上様」と書かれた立派な熨斗袋を目の前にしています。

トラディショナルな水引のついた熨斗袋と今風の茶髪の女の子は、いかにも不釣り合いな取り合せなのでした。しかし彼女の姿からは、相手先——この場合は嫁ぎ先——に決して借りは作らないという、京女伝統のたしなみと言うか気概のようなものの息吹が、確実に感じられたのです。

酸素を吸って二酸化炭素を吐くのと同じくらい自然に、金品をもら

ったり返したりしている、京都人。贈と答との往復行為を人々が盛んに繰り返すことによって、この街の新陳代謝もまた、活性化し続けているのでしょう。

コラム　平安京体感・朱雀《すざくおおじ》大路を歩く

京都駅の烏丸《からすま》口に降り立った時、目の前に真っすぐ北へ向かって走っている道は、烏丸通。この道の下には地下鉄烏丸線が走っているし、市街地の地図を見ても真ん中辺に位置しているし、京都における背骨のような通りという印象があるものです。

私は以前、ホテル・グランヴィアなどが入っている京都駅ビルの屋上に、特別に上らせていただいたことがあるのです。そこから烏丸通が北へ直進する眺めは、まさに「都！」という感じがし

たものでした。

平安京において中心の通りといえば朱雀大路であったわけですが、では今の烏丸通が昔の朱雀大路なのかというと、そうではありません。平安時代の朱雀大路は、今で言うところの千本通にあたる。朱雀大路の測量の起点となったのは船岡山なのだそうですが、確かに船岡山は千本通からまっすぐ北側に上ったところに位置しているのです。

千本通と言えば、今の京都市街地の中で考えてみると、ずいぶん西に位置します。周辺の雰囲気も、都心と言うよりは、庶民的で下町っぽい感じ。

朱雀大路の西側は右京、東側が左京であったわけですが（御所

から見た時の左右）、右京は低地かつ湿地であったため、左京ばかりが発達。平安時代の中ごろには、右京は街としての機能をあまり持たなくなったようなのです。つまり現在の京都市街の中心地は、平安京における左京部分ということになる。

平安時代と比べると、御所の位置も変わり、都の中心は移動しました。が、平安京の地が、今でも都市として機能しているということは事実です。今を生きる私達が、十二単《ひとえ》を着ていた人達と同じ山々を見ていると思うと、私はいつも、心踊るような気分になる。

では、平安京とはどの程度の規模の都だったのでしょうか。故・宮脇俊三さんの『平安鎌倉史紀行』の中で、宮脇さんは羅城門《らじょうもん》

の跡から朱雀門の跡を通って大極殿《だいごくでん》、つまりは内裏《だいり》の中心部の建物の跡まで、徒歩で巡っておられます。

それは、地図上でなぞってみるだけでも興味深い小旅行なのです。が、平安京の広さ、もしくは狭さというものを足で実感するために、是非同じことをしてみたいものだと思っていた私。文庫版の『平安鎌倉史紀行』を持って、宮脇さんの後を追うように、歩いてみることにしたのです。

まず、都の入り口であり正門であった羅城門とは、どの辺りにあったのでしょうか。現在、私達はJR京都駅と東海道線の線路を何となく都の南端として捉《とら》えていますが、羅城門があったのは、それよりもっと南。京都市街を東西に走るナンバー・ストリート

は、御所に近い北から南に行くにつれて、一条、二条、三条とそのナンバーを増やしていくわけですが、京都駅の北にあるのは七条まで。京都駅のすぐ南を通っているのが八条通で、九条通はそのさらに南。そして羅城門址《し》があるのは九条通のほど近く、やはり九条通に面している東寺《とうじ》よりも西側に位置しています。

情緒がまるでないようですが、その日私は羅城門址まで、タクシーで乗り付けてしまったのでした。

「このあたりですよ」

と車が止まったのは、ごく普通の庶民的な住宅地の中。

「あの公園の中に、石碑が建ってたはずですわ」

と、運転手さんは教えてくれます。時は午後三時半。初夏の日

差しを避けるため、夕方にかけて歩いてみることにしたのです。

そこは、かつて羅城門があったとは思えぬほど、地味で静かな場所でした。芥川龍之介「羅生門」を読めば、平安時代も悪人やら魔物が跋扈《ばっこ》するような所だったらしいですから、「ちょっと都を広く作りすぎちゃった」という感覚だったのかもしれません。

公園には、誰もいませんでした。ごく普通の遊具がある狭い児童公園なのですが、すべり台の前に、「羅城門遺址」と彫られた石碑が建っているのが、普通と違っているのみ。

平安京の正門である羅城門は、間口約三十二メートル、奥行き約八メートルの二層造りという壮麗な建物だったそうです。源義《よし》親《ちか》を討伐した平正盛が、盛大な歓迎を受けつつこの門から帰還し

たという凱旋門《がいせんもん》でもあったと、説明書きには記載してある。

しかしそんな門も八一六年には大風で倒壊。建てなおしたものの、九八〇年にも暴風雨で倒壊。それ以降は再建されなかったという、名前が有名な割には門としての機能を果たしていた時期はごく短かったという、幻の門なのです。

公園を出ると、「ＶＩＰ羅城門」などという壮大な名前のマンションがあったりして、今となっては門のイメージのみが、そこに残っている。

すぐ前には千本通がありますが、今の千本通はＪＲの線路によって寸断されているため、線路より北側に行くことはできません。迂回路《うかいろ》を求めて、西へと進みました。

すると住宅地の中にぽつりぽつりと残っている畑には、青々とした葱《ねぎ》。

「九条の葱といえば……、まさにこれが九条葱！」

と、九条葱好きとしてはちょっと嬉《うれ》しい気分に。耳を澄ますと、北側に位置する梅小路《うめこうじ》公園を走る蒸気機関車の汽笛も、聞こえてきます。

そこからしばらく歩いて現われたのは、西寺跡《さいじ》の公園です。西寺とは、平安京ができてからすぐに建立《こんりゅう》された、東寺と対をなす官寺でした。が、今も残る東寺に対して西寺は早くに衰退し、今は遺跡《いせき》として残るのみ。東寺と西寺はずいぶんと接近して建てられていたということが、理解できます。

ボール遊びもできそうな広い公園の中の盛り土に建てられた西寺の石碑を眺めてから、南北に走る西大路《にしおおじ》へ。この道は、JRの線路の下をくぐっているのです。京都の街は、京都駅と東海道線の線路とによって南北に分断されている印象があり、今の京都駅ができてからは、さらに「壁」感が強くなりました。線路をくぐる道は限られているため、西大路の交通量は非常に多く、歩くのが楽しい感じではありません。「これが牛車《ぎっしゃ》であれば、騒音も排気ガスも無いのになぁ……あ、でも牛糞《ぎゅうふん》とか落とすのか」と、思う。

しかし考えてみれば牛車というものは、別にスピードを求めて乗るものではなかったような気がするのです。「牛歩」といえば

遅いスピードを表す言葉。都の貴族達は、目的地に早く到着するために牛車に乗ったわけではなく、地に足をつけないために牛車に乗っていたのでしょう。

貴族ではない私は、ひたすら徒歩で西大路通を北上しました。七条通を右折しますが、ここも交通量が多い道。

やがて七条通は、京都の築地《つきじ》とでも言うべき、中央卸売市場《おろしうりしじょう》にぶつかりました。山陰本線のガードをくぐって、市場に沿うようにして北上する道が千本通なのですが、既に取引の終った市場は閑散としており、かつての朱雀大路も寂しい雰囲気です。

千本通の東側は、今はすたれているものの、京都の花街の中では最も古い歴史を持っていた、島原です。ここには東鴻臚館《ひがしこうろかん》の遺《い》

址《し》があるのですが、鴻臚館とは平安時代に外国からの使節を接待した、迎賓館のような場所。かつて迎賓館だった場所がその後に花街になったり、その花街が衰退したり。都市は生きものであることが、実感できます。

やっと千本通を歩くことができるようになりましたが、五条通の交差点までは、殺風景な景色が続きます。五条を越えても一車線程度の道幅しかないですが、それでもやっと「マチ」に入ってきたという感じがしてきました。

ここまで、歩いた距離は既に約四キロ。夕方が近くなってきたとはいえ汗だく、疲労も増しています。と、そんな時に目の前に現われたのは、

「特製生《しょう》が入り冷やしあめ　大百円　小五十円」

と、墨痕《ぼっこん》鮮やかに書かれた白い紙。酒屋さんの軒先が、冷やしあめの立ち飲みスタンドになっていたのです。ちなみに「生が」とは、生姜《しょうが》のこと。

砂漠でオアシスを見付けるとはこのような気分であろうと、私は一も二もなく冷やしあめを呼ばれました。冷蔵ケースの中から杓《ひしゃく》でコップにすくってもらった冷やしあめは、まさに甘露の味。〝生が〟の風味が、乾いた喉《のど》に沁《し》み入ります。

一杯の冷やしあめによってすっかり生き返った私は、さらに千本通を北上しました。新選組ファンにはお馴染《なじ》みの壬生《みぶ》寺の横を通ると、四条通にぶつかります。やっと、都心に到達したという

感じ。

京都駅から四条通までの直線距離は、単純に測れば二キロ程度なのです。しかし京都という街のスケールから考えると、現在の都心である四条から二キロ離れているとなると、とても遠くに感じられる。中央が明確に存在し、そして中央に非常に重きを置く京都。そして、一筋違うだけで町の空気が違う京都。そんな街における二キロというのは、とてつもなく長い距離なのです。

四条通を過ぎると、千本通には「銘木《めいぼく》店」が、あちこちに見えるようになりました。この辺りは、元々は西高瀬川の水路に運ばれた丹波材の集積地だったのだそうで、今も材木商の同業者町。それも「銘木」ですから、高級木材を扱っているのでしょう。祇《ぎ》

園《おん》あたりの料理屋さんにあるカウンターに使われそうな一枚板が、店の奥に秘蔵してあるに違いありません。

三条通との交差点を過ぎると、千本通の幅は一気に広がります。しかし、往時の朱雀大路は、その道幅が何と約八十五メートルもあったのだそうで、ほとんど道というより広場。してみると三条以北の千本通も、広くなったとはいえ、まだまだ朱雀大路には遠く及ばないのですが、「別にメインストリートだからってそんなに広くしなくても」と、ちょっと桓武《かんむ》天皇には言いたくなるのです。

ＪＲ二条駅を左に見て、御池《おいけ》通を越してしばらく歩くと、右手にある料亭の脇《わき》に、「此附近平安京大内裏朱雀門址」という、小

さな石碑が立っていました。羅城門からゆっくり歩いて約二時間、やっと朱雀門までやってきたのです。

しかし平安京はここで終ったわけではありません。朱雀門は、大内裏すなわち帝《みかど》が住む地域の入り口であり、その中に帝の居住地である内裏の建物があったのです。

帝に参内《さんだい》する平安貴族になった気持ちで、私は朱雀門址から大《だい》極殿《ごくでん》を目指し、さらに北上しました。往時は、色々な役所が左右に立ち並んでいたに違いありませんが、今となってはファストフードやラーメンのお店が立ち並ぶ、千本通。

朱雀門から約七百メートル、千本丸太町の交差点の裏側にある小さな児童公園の中に、「大極殿遺址」という立派な石碑は立っ

ていました。立て札を読んでみると、朝廷の儀式が行なわれる場所である朝堂院の正殿が大極殿であり、ここでは即位などの最も大切な儀式が行なわれた、としてあります。現在の平安神宮の拝殿は、大極殿を模して造ったものだそうです。

私は児童公園に立って、平安神宮のあの朱塗《しゅぬり》の建物が目の前に建っている様を、想像してみたのでした。が、ちびっ子達がキャーキャー遊び、高校生がアイスクリームを食べ、おばあさん達が立ち話をしているその場所に、かつて帝が華やかな宮中行事を行なった場所を重ね合わせることは、どうしてもできなかった。

「あのですねぇ、千二百年の間には色々ありまして、天皇様は今、東京の方にいらっしゃってるんですよ……」

と心の中で石碑に話しかけてみたのですが、桓武天皇には届いていないことでしょう。

ここまで、スタートから六キロ少し歩いたことになります。羅城門から朱雀門までであれば、直線距離では四・五キロ程度になりましょうが、迂回していたために距離が延びたのです。

しかし私は、さらに北へとぶらぶら歩いたのでした。ここから北の千本通は、庶民的な商店街。朱雀大路を完歩してすっかりお腹《なか》が空《す》いたので、近くにあったお好み焼き屋さんに思わず吸い込まれてしまいます。ネギ焼きを頼んでみれば、さっき九条の辺りで見た青い葱がたっぷりと載っていて、おいしそう。

ソースの焦《こ》げた匂《にお》いと九条葱は、実によく合うのでした。もし

かしたらかつては大内裏の敷地だったかもしれない場所でネギ焼きを食べることができるとは、有り難いような申し訳ないような気がしつつも、夢中で私はネギ焼きを食べる。

平安京の、縦断。それは、ただ歩くだけであるならば、数時間でこなせるのです。が、平安京時代から現在までの時の積み重ねに思いを馳《は》せれば、それは実に遠い遠い旅となる。朱雀大路を牛車で移動していた貴族達はこのネギ焼きの味を決して知らないのだなぁと思うと、千年という時の永さが、少しだけ実感できるような気がするのでした。

高　所　比叡山《ひえいざん》と東京タワー

東京には空がない。

……と、かつて智恵子《ちえこ》は言ったそうなのですが。

まだ高層ビルなども建っていなかったであろうあの時代、なぜ智恵子がそう感じたのかといえば、

東京には山がない。

……からなのではないかと、私は思うのです。

山というのは、空を美しく見せるためには最も効果的な小道具、と

言うか大道具です。枕草子《まくらのそうし》の、あの有名な最初の段には、

「春は、あけぼの。

やうやう白くなりゆく山ぎは、すこしあかりて、紫だちたる雲の、細くたなびきたる」

とあるわけですが、そこに山があるからこそ、朝日の光がさえぎられて空が白くなってきたり、雲が紫がかってきたりという、色彩の妙が生まれてくる。

しかし東京には、山がありません。もちろん多摩地域に行けば山もありましょうが、二十三区内を考えてみれば、最も高い山が、新宿区は戸山にある箱根山四四・六メートル、だったりするわけです。

多くの東京人にとって山とは、普段の暮らしの中では目にしないも

のです。台風一過の朝、屋上などから遠くを見てみたら、あっ、すっごく遠くに山が見えた！　とか、あれは富士山じゃない？　なんてこともあるものの、それはものすごくレアな経験。わざわざ遠くまで出かけてやっと見えてくるものが、東京人にとっての山なのです。

山＝田舎というイメージを持っている私は、しかし京都に行くようになって、非常に新鮮な印象を覚えたのでした。……だって京都には、ミヤコなのに山があるのだから。それも、西を向いても北を向いても東を向いても、山。

清少納言《せいしょうなごん》が見ていた、「やうやう白くなりゆく山ぎは」とかも、京都盆地の三方を取り囲む山々のうちの、どれかなのでしょう。平安の時代から京都人達は、山々に縁取《ふちど》られた空を見ていたのです。

山は無いのが当たり前、という意識の私には、渋滞している四条通の向こうに東山が見える、といった風景は、最初のうちは不思議に感じられたのでした。洒落《しゃれ》たカフェに入ってみたらその窓から比叡山が見えるのですね、といった東京ではあり得ないシチュエーションにも、「ここはマチなの？　イナカなの？」という感じ。

ところが、しばらく京都に滞在してから東京に戻ると、山が見えないのがどうにも寂しいのです。「なんで山がないのー？」と、頼りないような気分になる。

そこで感じたのは、山が人に与える包容感、というものなのでした。そこに山があるだけで、人が何となく手を合わせて拝みたくなるのは、やはり山はすごく大きくてどっしりしていて、頼もしい存在であるか

らでしょう。そんな山々が三方に見えるということは、つまり大きな存在から街が見おろされているということでもあり、それだけでも「守られているのだなぁ」と人は安心することができるのだと思います。

京都を囲む山々の中でも特に比叡山（八四八メートル）は、シンボル的な存在です。比叡山延暦寺《えんりゃくじ》は、千二百年余前に天台宗の創始者である最澄《さいちょう》が、都の鬼門《きもん》である東北の方向に建てたお寺であり、まさに都を護《まも》る山。地にはミカド、山にはホトケ……という感覚を持って、あの山を人々は見上げたのではないか。

では山の無い東京に、そのようなシンボルとなるものはあるのか、と考えてみると、思いつくものは東京タワー三三三メートル、もしく

は高層ビル群の数々なのでした。

たとえば海外から成田空港に着いて、リムジンバスに乗って東京に戻る時、東京湾沿いのビルや東京タワーが見えてくると、

「あー、東京だにゃあ」

とは思うのです。夜、六本木交差点から飯倉《いいくら》方面へ歩きながら、正面にそびえ立つ東京タワーを見ていると、「東京タワーって、結構好きかも」と思う瞬間も、ある。

しかし、高層ビルや東京タワーに守られているとか、それらがそこにあって安心だという感覚は、別に無いのでした。もちろんニューヨークの世界貿易センタービルのように、ある日突然それらが無くなってしまったら、茫然《ぼうぜん》とはすることでしょう。が、山のように、ただ何

となく手を合わせて「ありがたい」とか思うような存在では、決してない。

ビルやタワーは、ある日突然できていたり、無くなっていたりする可能性があるものなのです。久しぶりに通った道に、知らない高層ビルが建っていたり。再開発とかで、古いビルが根こそぎなくなっていたり。ゴジラが踏み潰《つぶ》したり（今はビルが大きすぎて駄目みたいですが）。

そんなスクラップ・アンド・ビルドな街の風景を日常的に目にしていると、「ビルなんてものは、永遠に建っているものではない」という無常感が生まれてくるものです。

「六本木ヒルズが新しくできましたよ、ジャーン！」

という時だって、「私がもう少し年寄りになった頃には、六本木ヒルズだって『古くなったねぇ』なんて言われて、他の新しいビルの勢いに気圧《けお》されるのだろうなぁ」とつい思ってしまう。どこにビルができようと無くなろうとさほど動じず、「だってこの景色は、私のものではないのだし。この景色は、私以外の大勢の人のものなのだし」と思う感覚が、東京人には沁《し》みついているのです。

そうこうしているうちに、新東京タワーというものを建設する予定も、進んでいるそうではありませんか。その〝交渉優先候補地〟は、墨田区の業平《なりひら》橋・押上《おしあげ》地区。完成すると高さ六〇〇メートル級の、世界一の高さのタワーになるのだそうです。雷門、隅田川、アサヒビールのウンコビル（フィリップ・スタルク作）、さらには六〇〇メート

ルのタワー……という風景が、下町には出現するのですね。

新東京タワーも、現東京タワーと同様の電波塔であるわけですが、それは観光資源としての役割も当然担《にな》うことになるでしょう。業平橋・押上地区が候補地になるにあたっては、「江戸伝統文化の継承地であり、京都と並ぶ日本の歴史遺産を国内外に提示できる地域」と位置づけられたのだそうです。つまり「今は東京の西側ばっかり発達しちゃってるから、ここらでイッパツ東側にタワーでも建てて、江戸ムードを盛り上げようぜ！」という感覚か。これだけ高い建物があってもまだ高いものに対する期待は大きいらしく、どんどん高いものを造らずにはいられないという人間の姿勢は、バベルの塔の時代から変わらないものなのだなぁと、思うわけです。

タワーと言えば、京都にだって京都タワーがあるのでした。昭和三十九年にできた京都タワーは電波塔ではなく、観光用の塔。和蠟燭《ろうそく》を模したというそのデザインは、かつて景観論争をひきおこしたそうですが、今見ても「そりゃそうだろう」と思う。さらに過激なデザインの京都駅ビルができてからあまり目立たなくなりましたが、あの京都駅ビルは京都タワーを新幹線乗客の目から隠すためにあんなに高くしたのではないか、とも思えるのです。

京都タワーのみならず、京都はよく景観論争が起きる場所です。京都ホテル（現在は京都ホテルオークラ）しかり、京都駅しかり。それというのも京都は、街並み保護のために、色々な対策をとっている街。建物の高さについても地域によって細かく制限があり、最も高い建物

を建ててよいのは、御池《おいけ》、五条、河原町、堀川の各通りに囲まれた〝田の字地区〟と呼ばれる地域。この田の字地区においては、四五メートルまでの建物が建てられるということになっています。

旧京都ホテルや京都駅が問題になったのは、最高四五メートルという決まりがある京都において、六〇メートル級のビルを建てたからだと思われます。両者とも、ある種の特例措置を使って（まぁ、色々あるのでしょう京都ですから）六〇メートルの建築を実現させたのであって、確かにその二つのビルは、京都の中にあっては高い感じがする。

しかし目を東京に転じてみれば、六〇メートルのビルなど、ごく普通の存在なのでした。東京で今、最も高い建物は、都庁の二四三メートル。次が、二四〇メートルのサンシャイン60で、二三八メートルの

六本木ヒルズは、三番目。でも、それらよりも高いのは、横浜のランドマークタワー（タワーと名乗っていますが、ビルです）二九六メートル。

東京では、航空法にさえひっかからなければ、つまり三〇〇メートル以下くらいであれば、割と平気でビルが建てられるものらしい。六〇メートルでブーブー言われる京都と比べると、高さに関しては開放的、と言うよりヤケクソ気味。

このような違いはどこから生まれるのか。……と考えてみますと、もちろんそこには都市の規模の違いがあるのでしょう。巨大都市東京としては、都心を開発するには、もう上に延ばすしかない。今さら守るべき景観だって無いし、それだったらどんどん建ててしまえ、とい

う感じ。

対して京都には、守るべき景観がそこここにあります。東寺《とうじ》の五重の塔が高層ビルに埋もれては千年の都の沽券《こけん》に関わるし、清水寺《きよみずでら》の隣に高層マンションがそびえ立っていては、清水の舞台から飛び降りる価値も半減というものでしょう。

しかしそれ以外にも理由はあるように思うのです。つまり京都の人というのは、何となく、「見下ろされるのがイヤ」という気持ちを、潜在的に、脈々と、持っているような気がしてならない。

日本における人工的な巨大な物体の祖といえば大仏になるのでしょうが、大仏というのは、高いところから慈愛の目で人々を見て下さっているものです。

しかしビルは、当然ながら大仏とは違います。ビルの中には人がいて、ということはビルの窓というのは目のようなものであるわけですが、そこから放たれる視線は、慈愛に満ちているわけではない。ただ無遠慮に、無機質な視線が上からふりそそいでいるという、そういう存在。

京都の人達も、見下ろされるのが絶対に嫌、というわけではないのだと思うのです。山の上には寺だの神社だのがあるし、五重の塔だって昔からあるのであって、むしろ高い建物には江戸人より慣れていたであろう。

しかしそれらは、神様仏様がいらっしゃる場所です。都においては、人間界の一番偉い人である天皇も、高いところに住んで睥睨《へいげい》などしな

かったのであり、身分の高低が様々あるほどには、住む地の高低差はついていなかった。

そんな都の人々にとって、伏見城とか二条城は、割とカチンとくる存在だったのではないでしょうか。伏見城はまだ中心から離れているにしても、二条城は碁盤の目の中。武士がドスドスとやってきて、人間のクセに高い建物を建てて都を見下ろすというのは、実に荒々しく田舎っぽい行為に見えたことでしょう。二条城では、二一メートルの石垣の上に五層の天守閣があったといいますが（現在は焼失）、そこから御所を見下ろす徳川の殿様をみやこ人達《びと》は、

「高いところにのぼりたがるのは煙と犬だけって言いますわなぁ……」

などと、小馬鹿《こばか》にしつつ見ていたのではないかと思われる。

対して東京、というか江戸においては、江戸城ができた時、

「うぉー、イカス！」

という感じで受け入れられたのではないかと思うのです。近くに山が見えないだだっ広い平野にできた、いかめしい山のような城。「高くて大きいもの」は、江戸の人にとってものすごく珍しい存在なのであり、むしろ睥睨されてみたい、くらいな感じだったのではないか。

東京人はもしかすると今も、山の代替物として高いビルを建ててしまうのかもしれません。子供の頃にお父さんと離れて暮らしていた娘が、大人になってからつい父親の幻影を求めて歳《とし》の離れた男性ばかり好きになってしまうように、東京人は山の代わりにビルに包まれようとしている。

しかし、歳の離れた男性がどれほど優しくても本当のお父さんではないように、ビルはどれほど高くても、やはりビルでしかないのでした。たとえば新宿の高層ビル街の根元に行った時の、ビル風に吹かれつつ方向感覚を失う、寂しいような哀《かな》しいような気分。それは、山の麓《ふもと》に行って山を見上げた時のホッとする気分とは正反対のもの。それでも私達東京人は、いつなくなるかもわからないビル群の風景を、故郷の風景として胸に刻むのです。

東京では皮肉なことに、京都から移られた天皇ご一家が、江戸城に住んでおられるのでした。そして、二〇〇五年に降嫁《こうか》された（って今でも言うのですかね）紀宮《のりのみや》様が、秋葉原の高層マンションに新居をお構えになるという説も一部ではささやかれたのです。

もしもそのようなことになったら、紀宮様はきっと、天皇家の血筋の中では、史上最も高い場所に住む方、ということになったのではないでしょうか。山のない東京で、山のような江戸城に住みつつも、青《あお》人草《ひとぐさ》とともにあろうとした皇室。そこから出たと思ったらいきなり睥睨感たっぷりの場所に住むようになった時、果たして紀宮様の胸には、どんなことが去来したのか……。紀宮ウォッチャーとしては、興味の尽きないところです。

〈追記〉結婚されて黒田清子《さやこ》さんとなられた元・紀宮様は、当初噂《うわさ》されていた秋葉原のマンションではないらしいが、都内某所の新築マンションに居を移された模様。睥睨とまではいかなくとも、高

い場所にはお住まいになっているらしい。

祭り　祇園祭《ぎおんまつり》と高円寺阿波《あわ》おどり

子供の頃、私にとって「お祭り」と言えば、実家の近所にある荻窪《おぎくぼ》八幡《はちまん》の、毎年九月に行なわれる秋祭りのことだったのでした。子供みこしの周辺をウロチョロしてからおやつをもらって、夕方になったら神社に行ってあんず飴《あめ》を舐《な》めつつ縁日を眺めるという、そんな感じ。

中央線の隣の駅の阿佐ケ谷には七夕祭があって、その隣の高円寺では阿波おどりがあって、それぞれすごく賑《にぎ》やかなのに荻窪は地味だナーとは思っていましたが、別にお祭りになると無性に血が騒ぐという

タイプでもなし、「こんなもんだろう」と思っていた。

しかし大学に入った時、お祭りというものに対する私の考え方は、少し異なってきたのです。体育会の学生を優遇してくれるから、という理由で入ったゼミではなぜかお祭りを研究しており、授業の一環として神田祭のみこしを担《かつ》いだり、高円寺阿波おどりの歴史をひもといたりすることになったのです。

私自身は、イキでもイナセでも鉄火でもない性格です。そんな私が祭り半纏《ばんてん》とパッチ（っていうんですかね、あのスパッツみたいなやつ）に身を包んで神田のみこしをかつぐのは、最初はこっ恥《ぱ》ずかしかったものです。みこしは重いし足は痛いし、「もうヤダ」とすぐ思った。

しかし声を出してかついでいるうちに、次第に「みこしハイ」とでも言うべき、不思議な高揚感が生まれてくることに私は気付いたのでした。同じみこしをかつぐ周囲の人との連帯感も生まれ、最後までかつぎ終えると、山の登頂に成功したような爽快《そうかい》な気分に。みこしかつぎにはまって各地を転戦する人の気分も、少しわかる気がしたものです。

そこで私は、「祭りというのは、参加してナンボのものなのであるなぁ」ということに初めて気付いたのでした。阿波踊りの世界では、見るアホウの方が踊るアホウより損だということになっていますが、それは世の中の祭り全般において、言えるのではないか。

とはいえ、楽しそうだからといって「踊るアホウ」の側にはそう簡

単になれないのが、祭りの世界です。神田のみこしは、基本的には神《かん》田明神《だみようじん》の氏子《うじこ》がかつぐもの（私達はゼミの教授の口ききで特別にかつがせていただいた）。別に神田明神のような名門みこしでなくとも、荻窪八幡のみこし程度でも、基本的にみこしは地域の住民がかつぐものです。

初めて京都の祇園祭を見た時も、私は強くそのことを感じたのでした。山鉾巡行《やまほこじゅんこう》の前々日、つまりは宵々山の日に京都に着き、京都駅から烏丸《からすま》四条の交差点にさしかかった時、左に函谷《かんこ》鉾、右に長刀《なぎなた》鉾、前には孟宗《もうそう》山……といった山鉾が一気に見えてきて、

「うっわあぁぁ、格好いいぃぃぃ！」

と、激しく胸を打たれた。

山や鉾を見せるお祭りに東京では出会ったことのなかった私は、ビルを凌《しの》ぐ高さの鉾の迫力にやられ、その時は「見ているだけで十分満足！」と思ったのです。

しかしそれから何度か祇園祭を見るようになり、鉾町で山鉾を組み立てる人々、お囃《はや》しを練習する人々、巡行の日の朝、長刀鉾に乗り込むお稚児《ちご》さん、神幸《しんこう》祭・還幸《かんこう》祭でみこしをかつぐ（祇園祭というと山鉾のイメージがありますが、八坂《やさか》神社の神様がみこしに乗って、町々を渡御《とぎょ》するのが本来のハイライト）人々……等を見ていると、やはり祇園祭も、と言うよりはまさに祇園祭こそが、「やる側の人になってナンボ」のものであることがわかってきた。

それぞれの鉾や山を擁する鉾町の印が背に入った衣装に身を包む人

の姿からは、鉾町の民としての強い誇りがうかがえます。カメラを持った私達観光客と、それら祇園祭の制服に身を包んだ人の間には、目に見えないけれど深ーい溝があるのです。

長刀鉾は巡行の時は必ず先頭を動く特別な鉾であり、そこに乗るお稚児さんは、五位の位を与えられ、女性は母親ですら触れることができない神聖な存在である、……といった独特なならわしが、祇園祭では多々、存在します。そんなものを見聞きすると、その背景にあるヒエラルキー的なものや都《みやこ》としての強い誇りが感じられる。どの地方の祭りであれ、祭りに参加することによって地元への帰属意識をかきたて、連帯感を強固なものにするという効果はあるでしょうが、祇園祭はその意識の持ち方においても日本一なのではないかと思えるのです。

祇園祭は、各地の祭りにも影響を与えています。日本中のあちこちに、鉾や山車《だし》を曳《ひ》いて練り歩く系のお祭りがありますが、それらの多くは祇園祭というソフトを導入したものでしょう。

祭りソフトを他地域に輸出する京都に対して東京は、祭りソフトを輸入する側です。新聞の東京版を見ていると、「河内《かわち》音頭大盆踊り大会が錦糸町《きんしちょう》で」だの「おわら風の盆in向島《むこうじま》」だの「浅草サンバ・カーニバル」だの「表参道ではスーパーよさこいが」だの、「よくもこれほど」と思うほど、東京以外の地で完成された祭りソフトを東京に移植する、という行為が行なわれている。

前述の高円寺阿波おどりは、その典型的な例でしょう。高円寺阿波おどりは昭和三十二年、商店街の青年会の人達が、「阿佐ケ谷では七

夕が評判のようだし、こっちは南国ムードで阿波踊りでもやるか」と、言わば町おこし＆販売促進の一環として「ばか踊り」というイベントを考えてみたのがその発端。その後、本場徳島の人達から指導を受けたり徳島まで阿波踊りを学びに行ったりしているうちに次第に話題を集め、参加する連《れん》（踊りのグループ）も増加。今となっては都知事がテープカットするほどの、東京を代表する祭りになっているのです。

当然ながら、東京は京都からもイベントを移植しています。四月になると京都では「都《みやこ》をどり」という、祇園の芸妓《げいこ》さん達の踊りの発表会というか文化祭のようなものが開かれ、春の風物詩となっているわけですが、東京では新橋の芸者衆が「東《あずま》をどり」をやっている。

「都をどり」は、そもそも天皇が東京に移ったために衰退していく京

都をどうにかせなあかん、ということで開かれた明治五年の第一回京都博覧会に際して、その附博覧《つけはくらん》として祇園において開かれたのが最初。対して「東をどり」というのはやはり、「東京でも都をどりのようなものをやりたい！」ということで、大正十四年に始まったイベントなわけです。そもそも新橋演舞場とは、新橋芸者が東をどりを開催するためにできた劇場であって、だから新橋にはないのに新橋演舞場という名だったりもする。

同じ花街の「をどり」であっても、両者のカラーはかなり異なります。都をどりは、

「よーいーやさぁー」

という芸妓達の黄色い声で始まり、濃い水色に桜の花やおめでたい

柄が散る揃《そろ》いの衣装を着た踊り手達が左右の花道から登場して舞台がパァッと明るくなる……という、実に華やかな舞台。客席も、旦那衆《だんな》から国内外の観光客までいて、軽やかな感じ。

対して東をどりの舞台に立つのは、全体的に年齢が高い芸者さんが多く、衣装も紫、紺、グレイといった、粋《いき》ではあるがド渋い色のもの。客席に目を転じれば、でっぷりとした体格の企業の会長っぽい人（社長は仕事で忙しいから）が多く、密談とか行なわれていそうな感じ。

しかし、恥も外聞もミもフタも臆面《おくめん》もなくどこからでもイベントを移植して、それをあっさり自家薬籠中《じかやくろうちゅう》の物としてしまう東京の能力というのは、こうなってくると感心せざるを得ないのでした。

祭りとはそもそも、神様とか死んだ人とかに対して、感謝したり崇《あが》

めたりという心情から発生したものでしょう。が、「あの祭りは盛り上がるらしい」と、そのソフトだけが他地方に移植されると、中心にあったはずの神様は抜け落ち、「踊り」とか「衣装」といった現象のみが、地域活性化とか若者のエネルギー発散の手段として使用されることとなる。

しかし東京というのは、神様だのご先祖だのはキッパリと地元に捨ててきた人々がつくる街です。だからこそ、祭りから神様性がなくったからといって罪悪感に浸ることなく、

「盛り上がればそれでいいじゃーん！」

という風に考えることができるのでしょう。

その点、京都人は違います。京都の三大祭りといえば、葵祭《あおいまつり》、祇園

祭、そして時代祭。葵祭は上賀茂《かみがも》神社と下鴨《しもがも》神社、祇園祭は八坂神社、時代祭は平安神宮の祭礼であるわけですが、平安前後から続く葵祭・祇園祭と違い、時代祭の始まりは明治時代ということで、まだ歴史が浅い。

そもそも平安神宮は明治二十年代、平安遷都《せんと》千百年を紀念して、遷都を行なった桓武《かんむ》天皇を祀《まつ》るために造られたのであり、それは第四回内国勧業博覧会のパビリオンとしての役割を担《にな》っていたのでした。紀念の奉祝行事の一つとして、千百年の間の各時代の衣装で行列をしたのが、時代祭の始まり。

しかし京都人はさすが、京都人なのでした。第一回目は単なる奉祝パレードだったのが、二回目からは「桓武天皇の神霊を奉ずる神輿《みこし》が

市中を〝神幸〟する行列に、各時代の行装で供奉《ぐぶ》する」（『京都の三大祭』所功、角川選書）という性格の行事となった。つまり「単に賑やかしのパレードをするだけじゃ祭りとは言えないだろう」と、京都人達はパレードにも神様性をプラスせずにはいられなかったのです。

今、ご当地の英雄や偉人の扮装《ふんそう》をした人が練り歩くというコスプレパレード系のイベントは、東京ばかりでなく各地で行なわれていますが、その手のコスプレイベントの祖は、時代祭。ですが各地のコスプレイベントにはほとんど神様性はありません。

京都の人は、

「葵祭やら祇園祭やらは古いもんやけど、時代祭は……なぁ」

と、あまり時代祭に重きを置いていないように見えます。東京人か

らしてみると、時代祭もじゅうぶん古いのですけれど。

京都の人達は、しかし単に「新しい」というだけで時代祭を軽視しているのではないのでしょう。最初の一回はパレードだけだったのに二回目から神様性を付け加えたという、そのとってつけた感を、現代の京都人達も、敏感に嗅《か》ぎとっているのではないか。

しかし東京人にとって、そんな神様性のバックグラウンドはどうでもいいのであって、時代祭という優秀なソフトを東京人が放っておくわけはないのでした。平成元年からは、「二十一世紀に向かう世界都市・東京の中にあって東京の歴史と文化の原点は浅草である、との事実を鮮明にすることにより浅草の存在と独自性を樹立する」ために、その名も「東京時代まつり」が、浅草において開催されているのです。

寺社を中心として古くから栄えた繁華街で、花街も控えているという意味において、浅草は京都で言えば祇園と似た街です。しかし浅草は、三社祭《さんじゃまつり》というオリジナルの祭りも持っていながら、他の地域の祭りを行なうことに妙に熱心なのです。東京時代まつり然《しか》り、サンバ・カーニバル然り、はたまた浅草ニュー・オリンズ・ジャズ・フェスティバルなんていうものも、あるらしい。浅草という街の勢いが、東京西部の若者の街に押されて薄れた結果、活性化を図らなくてはということで始まったのだとは思いますが。

もちろん祇園では決して、そのような真似《まね》はしないことでしょう。「祇園ＹＯＳＡＫＯＩ」とか、「祇園de！おくんち」みたいなイベントは、たとえどれほど景気が悪くなろうと、催されないに違いない。

祭りの世界において、

「楽しそうなものはどんどん真似させてもらいますけど、それのどこがいけないの？」

という態度の東京に対して、

「祭りなんて、他から移植してこなくてももうじゅうぶんたくさんありますし、どうしても違うことをしなくてはいけない機会があるとしたら、ゼロから新しいものを作りますし」

というのが、京都。そして、

「祭りとは、人を集めるためにするもの」

という東京に対して、

「祭りとは、地元の神様を祀ることによって、京都の、そして地域の

住民であるという意識を強めるためにするもの」

という京都。

もちろん京都の祭りにも観光客はたくさん来るのですし、祇園祭の宵山の夜の四条通などは、関西中のヤンキーが集まったかのような様相を呈してもいるのです。普段ヤンキーらしいヤンキーを見ることのない東京人にとっては、関西のヤンキー風俗絵巻は山鉾巡行より物珍しかったりもするわけですが、それはあくまで「そうなってしまった」だけのこと。別によそさんを呼びたいがために京都人は祭りをやっているわけではなく、

「私らは昔からこういう祭りをやってるからどうってことないけど、よそさんには珍しいみたいやなぁ」

くらいの意識が、そこには感じられる。

対して東京人は、「人を集めたいので祭りをする」という姿勢を隠そうとはしませんし、各地の祭りを貪欲《どんよく》に取り入れている自らの姿勢を、恥ずかしいと思っている風もありません。それは別に祭りに限ったことではなく、バーニーズ・ニューヨークだって、抹茶パフェでお馴染《なじ》みの祇園の甘党屋さん・都路里《つじり》だって、パリのカフェであるドゥ・マゴだって、東京にはあるのです。「物でも店でも祭りでも、とりあえず東京に持ってきてみよう」という、冷静に考えるとびっくりするほど図々《ずうずう》しい精神こそが、東京という都市の発展を支えてきた。

東京の強いところは、ただ取り入れるだけでは終わらないところです。バーニーズ・ニューヨークは新宿だけでなく、今や横浜や銀座に

も店舗がある。同じように祭りの世界でも、高円寺が取り入れた阿波踊りはどんどん発展し、高円寺は東京における阿波踊りの一大拠点に。高円寺の阿波ダンサー達は、「我が町でも阿波踊りを名物に」という東京近辺の町の人達に対してレッスンしたり、その町の祭りの時に連を派遣したりと、指導的役割を担うまでになっているのです。

果たして徳島の人達が、阿波踊りというソフトをそのように利用されることが嬉《うれ》しいのかどうか、私にはわかりません。が、何であっても「それ面白そう」と東京に持っていかれたが最後、東京はあっという間にそれを咀嚼《そしやく》・嚥下《えんか》して、自分の栄養素としてしまうのであるからして、地方の人には東京移植を「断る勇気」も必要なのではないかと思う。

東京が、これほどまでに他地域の祭りを欲するのは、東京人全体が一体感を持つことのできるような祭りが存在しないからなのかもしれません。ルーツもばらばらの私達は、祭りによって〝土地の民〟としての誇りを確認しあっているように見える他地域の人たちが羨《うらや》ましくてしょうがないから、バーニーズを持ってくるように祭りも持ってきてしまう。

が、

「初めて東京に来た時、あまりに人が多いからお祭りかと思った」

と言う地方の人がしばしばいるように、東京では毎日お祭りが開かれているようなもの。新しい祭りをいくら他地域から持ってきても、それによって東京人が一体感を得ることができないのは、別に東京に

人が多すぎるせいではなく、イベントなど無くても私達は日々、踊るアホウもしくは見るアホウの生活をしなくてはならないから、なのではないかと私は思うのですが。

流通　市場《イチバ》と市場《シジョウ》

京都は大原の朝市に、行ってきました。

毎週日曜日の朝七時（冬期はもう少し遅いようです）から十一時まで、国道367号線沿いの会場で行なわれるこの市。地元で採れた新鮮な野菜などが売られているのですが、今やその素材の良さが評判を呼び、京都の有名料理人達もこぞって仕入れにくるという話。

大原の民宿に前泊し、国道をテクテク歩いて現場へ向かうと、早朝というのに会場前には交通整理の人達がいて、続々と到着する車をさ

ばいています。やはり京ナンバーの車が多く、地元の人が買い出しに来ているらしい。

市が行なわれているのは、さほど広い場所でもないのでした。が、小学校の教室を三つほどつなげたくらいの面積の会場は、さっと巡っただけでも、欲しいものだらけです。しば漬けの本場ということで、赤ジソが束で。色々な夏野菜。肉（鶏とか、この辺で獲《と》れたジビエの類）。おばちゃん手作りのおはぎ、寿司《すし》。漬物。鮎《あゆ》の塩焼き、パン、しば漬け入りたこやきなどというものも、売られている。

しかし何せこちとら旅行者なので、生ものは買うことができません。

「くぅーっ、京都に住んでいたらなぁ」

としきりに思いつつ、おむすびだの草餅《くさもち》だの、買い食いに精を出し

たのですが。

　噂《うわさ》通り、料理人らしき人の姿も、ちらほらと見かけました。外国人シェフが、売り手のおばちゃんから素材の料理法について何かかんかと教えてもらい、

「ジャ、マタライシュウ！」

　と帰っていく姿を見ていると、どうやら彼も毎週ここに食材探しに来ているらしい。

　普段、食料品はスーパーでしか買わない私のような者からしてみると、この手の市場に足を踏み入れると、無性に燃えます。いや、萌《も》えるのか。生産者の人達と話すのは面白いし、安いし、この手の場所で買った食べ物は、身体《からだ》にも良さそう。スローフードブームには全く乗

っていない私ではありますが、しば漬けを売っているおばちゃんと会話など交わしていると「ちゃんとした生活をしてるプレイ」をしているような気分になる。

ひと口で「市場」と言っても、今や「イチバ」と「シジョウ」とは、違う意味を持つのでした。シジョウの方は、いわゆる各地の中央卸《おろし》売市場《うりしじょう》的なもの。そしてイチバとなると、大原とか能登《のと》とか勝浦などにおける朝市的なもの、もしくは京都の錦市場《にしきいちば》とか金沢の近江町市場《おうみちょういちば》など、古くからの市場が公共化して商店街のようになったものという感じがする。

大原のようなイチバにおいておばちゃんが売っているのは、卸売市場は通していない、いわゆる市場外流通の品物ということになるので

しょう。イチバで売られている野菜はシジョウは通っていないという図式が、そこにはあるわけです。

そして京都は、このシジョウを通さない売り買いというものが、今も盛んな土地柄であると思います。

京都の町なかを歩いていると、モンペ姿の初老の女性が、家々のインターホンを押しては、一言声をかけて歩いている姿を見ることがあります。しばらくすると、それらの家々から主婦達が財布を持って出てきて、初老の女性のものとおぼしき軽トラの方に行っている。

それはすなわち〝振り売り〟というものであり、振り売りとは、生産者が自分が作ったものを町なかまで持ってきて直接販売する、市場外流通行為。初老の女性は、きっと昔からこの辺りに振り売りに来て

いるのでしょう、お客さんと立ち話などしつつ、野菜を売っていました。

柴《しば》を売る大原女《おはらめ》、花を売る白川女といった有名どころの「女《め》」も、つまりは振り売り業者さんなのです。京都では里山とマチとの距離がそう遠くないからこそ、振り売りが発達したものと思われる。また現在でも、高級な料理屋さんで使用する魚は、「かつぎ」という人達(別に、今は魚を担《かつ》いでやってくるわけではないが)が淡路島あたりからやってきて、直接取引をしているそうです。

イチバや振り売りを見ていると、私は「地産地消《ちさんちしょう》」という言葉を思い出すのでした。地産地消とは、地元生産&地元消費、つまり地元でできた作物を地元で食べるということ。それによって、食の安全や地

域の活性化につながるということで推奨されている概念らしい。

　東京に住んでいる限り、地産地消という言葉とはほとんど無縁な生活が当たり前です。少し前のデータではありますが、都道府県別のカロリーベースの食糧自給率の試算は、全国最高が北海道の一七九％であるのに対して、最下位の東京は一％。八百屋《やおや》さんを見ても東京産の野菜などほとんど無いし、「ベランダで栽培したトマトが赤くなったのよ、キャッ」とか、「庭で柿《かき》がなりました」とか、その程度しか、都民は地元でとれるものなど食べていないのではないか（東京で唯一《ゆいいつ》、一〇〇％自給できるのは「ウド」らしい）。

　では京都はどうなのかというと、自給率は一四％。そう高い方でもない、と言うより全国のワースト五に入っています。カロリーベース

ということで、上位県は全《すべ》て米どころ。京都には京野菜があるといっても、その前に都市であるからして、自給率が低いのは仕方のないところでしょう。

が、朝市だの振り売りだのといった、数字には表れない市場外流通によるイチバ的売買の場において、京都産の食べ物は京都の人によって消費されている気がするのです。つまり実際の数字以上に、京都は地産地消色の強い土地なのではないかと私は思う。

振り売りという業態は、東京ではあまり見ないものです。近所に店が無い陸の孤島的場所では、トラックで野菜を売りにきたりもしますが、それは別に生産者が売っているわけではない。たまに駅前の露店で、「産直」の桃を売っていたりしますが、あの桃は確実に東京で採

れたものではないでしょう（その上、不味《まず》い）。

東京というのは、やはりイチバ的な売り買いをする街ではなく、シジョウを通したものを買うのに慣れた街なのです。

東京には、世界一大きなシジョウである築地《つきじ》市場、すなわち東京中央卸売市場があります。日本中そして世界中から野菜や魚がここには集まり、各地に散っていく。今や外国人観光客にとっては、東京に来たら決して外せない観光スポットにもなっています。

そういえば築地市場というのは、そもそも徳川家康が大坂の佃村《つくだ》（現・大阪市西淀川《よどがわ》区佃）から連れてきた漁師達が獲った魚を日本橋で売るようになったのが、起源なのでした（関東大震災まで、魚河岸《うおがし》は日本橋にあった）。昔はトラックも発泡スチロールも無かったので、

魚を各地から集めてくるわけにいかず、漁師ごと集めてしまったとはさすが江戸。

農作物や魚などの食品がシジョウを通されると、ある程度の質の均一化がなされることになります。築地には、超高級な品からそうでもない品までが並ぶわけですが、たとえば曲がったキュウリは、そもそもシジョウには出てこないのです。

対してイチバ的な売り買いの場には、曲がったキュウリがあるのでした。消費者は、キュウリが曲がっていても、「この人が作ったものだから質は確かだし、味は真っすぐなキュウリと同じ。だったら曲がってる方が安くていいわ」と判断することができる。

イチバ的売り買いの場というのは、つまり自分で価値判断ができる

人にとっては、楽しくて得な場なのです。新鮮かどうか、信頼できるかどうか。その辺りを見極める目を持っていれば、イチバ的な場において、京都風に言えば〝値打ちある〟買物をすることができる。だからこそイチバ的な場は、他所者《よそもの》にとっては入りづらい場所でもあるわけですが。

またある時、私は京都は百万遍《ひゃくまんべん》の知恩寺境内《ちおんじけいだい》において月に一回開かれる、「手づくり市」というものに行ってみたのでした。この市は名前の通り、手作りのものが色々売られている市。手芸作品、食べ物、陶器、衣類から、青空ネイルサロンにカフェと、あらゆる手仕事系出店があって、ぶらぶらしているだけでもなかなか面白いのです。

中に一軒、可愛《かわい》いTシャツを売っている店があったのでした。OL

さん二人が、趣味でデザインとプリントをしているというその店のTシャツは、和風柄が独特。どれを買おうと悩みつつ、デザイン担当の女性と話していると、彼女の家は大阪なのだそうで、

「でも大阪のフリマとかに出すと、このTシャツ、すごい手間がかかってるのに大阪の人はものすごい勢いで値切らはるんですわァ〜。その点、京都の人は手作りの価値をわかってくれてるっていう感じがしますー」

とのこと。

ま、単に「だから値切らないでね」ということを言われたのかもしれませんが、大阪と京都の違いは、よくわかる気がします。手作り市に出ている他の店を見てみても、確かに決して安くはない価格設定の

ところが多い。「本当に価値がわかってもらえれば、この価格でも京都の人は買ってくれる」という気持ちが出店者側にあるからこその価格設定ではないかと思うのです。

ということで私もそのTシャツの価値を認め、値切らずに購入してみたら、おまけとして扇子《せんす》を一本くれました。値切ったらたぶん、くれなかったことでしょう、ええ。

京都では他にも、北野天満宮の天神市とか、東寺《とうじ》の弘法《こうぼう》市とか、イチバ的な売り買いの場が、その昔から連綿と続いています。それらの市には主に骨董《こっとう》を売る店が多く出ているわけですが、骨董こそ、価値を自分で判断できなければ買うことができないもの。京都人の価値判断感覚というのは、ヤるかヤラレるかの厳しい場において、鍛えられ

ているのです。

一方、シジョウを通ってきた品物を買うことに慣れている東京人は、その辺りについてはボーッとしているのでした。スーパーには曲がったキュウリはありませんから、何も考えずに品物をカゴに投入しても、最低限の質は保証される。もしも質が悪かったら、それは自分のせいではなくてスーパーのせいなので、スーパーに文句を言えばいいのです。「値切る」という発想だって、根っからない。

もちろん、京都にもスーパーはあります。いくら京都とはいえ、イチバ的売り買いは一部のみの話で、シジョウを通った品物がやはり、多数を占めているのですから。

しかし京都では、スーパーの存在が目立ちません。郊外はさておい

て、街なかにイトーヨーカドーとかジャスコがどかーんとある、という印象はない。

京都のスーパーは、思わぬ場所にあるのでした。たとえば、千本通から堀川通までを貫く、長ーくて京都らしい三条会商店街を歩いていると、忽然《こつぜん》という感じでアーケード街の中に西友がある。他の商店街にも必ず、商店街の規模と比例する大きさのスーパーがあった。

京都の商店街というのは、東京の商店街よりも個人商店のエッジが立っていて、商店街としての独立性が高い感じがするものです。スーパーというのは個人商店の大敵であるからして、商店街の中のスーパーという立地はお互いがやりにくくはないのだろうか、と他所者としては思う。

が、おそらく京都の商店街においては、西友すらも個人商店の一軒に過ぎないのでしょう。地元ロイヤリティーの高い土地において、スーパーは「他所者であろうと普通に買物ができて、色々な品が揃《そろ》っている」という特徴を持つ一つの商店なのであって、まぁそこで買物をするもよし。しかし商店街に並ぶ個人商店の数々は、スーパーが持つ特徴とは全く異なる特徴――料理方法を教えてくれるとか無理をきいてくれるとか客の好みを知り抜いているとか客の秘密を握っているとか――を持っているからこそスーパーに対抗することが可能で、だからスーパーを商店街の中に受け入れることができるのではないか。

商店街の個人商店で売られている品物を見ていると、別に京都産でなくとも、京都産然とした顔を持っていることに気づくのです。昆布

は「利尻《りしり》産」となっているけれど、そこには既に京都らしい風格が。鯖《さば》寿司の鯖だってその昔は若狭《わかさ》産、そして今は色々な産地を持つ身の上であろう。ちりめんじゃこにしても、京都で獲れているとは思えない。……のに、それぞれの品には京都感が濃厚に漂う。

京都も東京も大都市なのであって、そこに大量の物が集散することは、確かなのです。が、京都の場合は集積した品物を「私色に染めて」からリリースするのに対して、東京は「私の上を通り過ぎていった品物達」を、泰然《たいぜん》とそして茫然《ぼうぜん》と見守る感じ。数字以上に強い京都における地産地消感は、その辺にも理由があるような気がします。

大原の朝市で買った「キャベしば」（キャベツ入りのしば漬け）を、帰京後、お茶漬けなどにして食べている私。暑い日は水漬けにしても

イケルわけですけれど、わざわざ大原まで行ってキャベしばを持って帰ってくるという行為は、「グルメ」と言うより「強欲」に近い。でもまぁ、美味《おい》しいのだからしょうがないやねぇ……と、泰然とそして茫然とお茶漬け食べてる、東京人の私です。

神仏　観光寺院と葬式寺院

初めて京都に来た人は、新幹線で京都に到着した時、ホームから東《とう》寺《じ》の五重の塔が見えることにまず、「本当にここは古都なのだなぁ」といった感慨を抱くものです。それから京都駅の烏丸《からすま》口を出て、駅前にそびえ立つ京都タワーに対して「で、これは何なのだろう？」などと思いつつタクシーに乗って烏丸通りを進むと、間もなく左手には東本願寺の大伽藍《だいがらん》が見えてきて、その古都感に圧倒される、ということになっている。

私も、五重の塔などというものはシンデレラ城くらい珍しいものだと思っていた高校時代、修学旅行で京都駅に降り立って、その非現実的な光景に目を疑ったものです。それはほとんど、異国に来たような衝撃だった。

東京駅はと見てみれば、丸の内側にしても八重洲《やえす》側にしても、駅前に並んでいるのはオフィスビル群です。修学旅行生達は、八重洲口を降りたらバスの駐車場まで少し歩かなくてはならないのですが、その途中にあるガラス張りの高層ビル、パシフィックセンチュリープレイスを見上げては「ほぇー」となり、さらにガラスの軍艦のような国際フォーラムなども眼前に出現してくると「未来都市みたいだー」と思う、ということになっている。

そのエントランスからして、「和」で「古」な京都と、全く「和」ではなく「新」な東京。ですが、京都の「和」で「古」なイメージを形成する寺社群が、昔から「和」で「古」であったのかといえば、そうではないのでしょう。

仏教は日本古来の宗教ではなく、外国から伝来してきたもの。六世紀頃に日本に入って奈良で発達、都が移った後は平安京でも盛んになっていった……ということなわけで、その頃の仏教は、舶来で先進的でナウな感じのするものだったのではないか。ということはその昔、他所《よそ》から平安京にやってきた人達は、今の修学旅行生が東京駅に降り立ってビル群を見上げるように、伽藍や塔を「未来都市みたいだなぁ」と眺めていたものと思われます。

京都において、おそらくは昔は六本木ヒルズ並みに先進的な施設であったであろう寺社群は、今はすっかり文化財と化しています。茶色っぽい木でできた建造物を見ると、それが明治期に再建された建物であろうと室町期の建物であろうと、私達はとにかく「いいわねぇ」なんて思うことになっている。

しかしそれら茶色っぽい建物は、文化財としてのみ存在しているわけではなく、今でも宗教施設として機能しているのでした。京都は宗教の都でもあるのであり、ふと本屋さんに入ったら雲水《うんすい》姿の人が立ち読みしていたり、京都新聞には「神社・仏閣ガイド」というイベント情報のような広告企画がしばしば載っていたり、京都テレビをつけたらお坊さんがコメンテーターで出ていたり、東西の本願寺に全国から

バスで信徒さん達が乗り付けていたりする様子を見ると、〝宗都《しゅうと》〟感はいや増すのです。

実際、京都には「なんとか宗なんとか派総本山」みたいなお寺が、たくさんあるのでした。総本山だらけというドサクサに紛れて、新興宗教までもがハクをつけるためか、総本山を京都に置いたりしている。

日本の場合、寺があることは墓もあるということになりますから、賑《にぎ》やかな新京極と河原町通の間に挟まれた一等地がひっそりした寺町になっていて墓地があったり、宿の窓のカーテンをさっと開けてみたら眼下には一面のお墓が広がっていたり、お化けの噂《うわさ》があるホテルに事欠かなかったりと、死後の世界も身近な感じ。

京都における寺社の多さと墓の多さを見て、しみじみ思うこと。そ

れは、

「ここでは昔から、人がたくさん生まれては死んでいったのだなぁ。そしてそれらの人々はみーんな、つらかったのだなぁ」

ということなのでした。

私自身の生活において宗教とは、「冠婚葬祭を仕切ってくれる係」といった位置づけであるわけです。誰かが死んだり結婚したりする時に、宗教の存在感は急にクローズアップされるけれど、それが終ってしまうと忘れるという、日本人としてはごく一般的な宗教との関わり方をしている。

しかし、たとえば新興宗教を信仰している人などを目にすると、「宗教って、そんなもんじゃなかったんだ！」と、気付くのです。彼

等の多くは、生きる上で非常につらいことを抱えており、そのつらさから逃れるために信仰の道に入っている。人生がかかっているので信仰の姿勢は皆真摯《しんし》であり、他人に優しく公序良俗《こうじょりょうぞく》は守り挨拶《あいさつ》はハキハキ。そんな信者さん達を見ていると、宗教は冠婚葬祭のために存在しているのではなく、精神のつらさを癒《いや》す薬のような役割を担《にな》っているということを、あらためて理解するのです。

そして京都の寺社も、人々の悩みを受け入れる役割を果たしてきました。一つ一つの寺社において、様々な時代を生きた様々な身分の様な人が、

「つらいんです、何とかしてください」

とか、

「死んだら成仏《じょうぶつ》させてください」

とか、

「末法の世って、怖いです」

などと一心不乱に祈っていたのだと思うと、マッチ一本で全焼しそうな枯れた建物も、急に生々しく思えてくるではありませんか。

実際、仏教というものが日本においてブレイクしたのは、個人の悩みを相手にするようになってからのような気がします。奈良時代の仏教は、国家鎮護を祈る役割を担っていたわけですが、「念仏を唱えれば救われる」とか、「密教の修法《ずほう》で願いをかなえたい」といった、個人相手の仏教が台頭した時代になって、仏教熱はグッと盛り上がった。

平安時代、仏教は女性にも広まりました。源氏物語の女性の登場人

物は、自分の立場がにっちもさっちもいかなくなってくると、最後の切札として、しばしば出家をしています。それは安全地帯へ逃げ込むような行為であったらしく、さしもの光源氏も、出家した女性には手を出しません。私も現世において色々と面倒臭いことがあると、「いっそ出家でもしたいものよのぅ」と、この世とあの世の間に逃げたくなるわけです。

清少納言《せいしょうなごん》も枕草子《まくらのそうし》の中に、仏教イベントについての記述を色々と残しています。

「仏典の説経をする講師は、顔がいい人に限る！　講師の顔をじっと見つめるからこそ、言っていることの尊さも感じられるのに。よそ見をすれば有り難い教えもつい忘れてしまうのだから、『不細工な男は

罪』って思う」

などという文章を読むと、当時のお坊さんはアイドルのような人気者で、法会《ほうえ》はコンサートのようなものだったことがわかります。

さらに、さる貴顕《きけん》の屋敷で開かれた仏教イベントに貴族達が華やかにお洒落《しゃれ》をして集結し、ナンパ行為などを楽しんでいたという記述を読めば、その手の会はセレブ達の集まるパーティーのようなものでもあったのだなぁと思われるのです。

蜻蛉《かげろう》日記の作者もまた、夫である藤原兼家への嫉妬《しっと》に苦しんだ末、山の寺に籠《こ》もってお勤めに励んだりしています。その背景には、「兼家に心配してほしい」という心理がたっぷり含まれている、言わば狂言自殺のような行為ではありましょう。が、これらの作品を読んでい

ると、あの時代の京の女性達にとって、仏教の世界が、現実とか日常から逃避するために非常に重要な役割を果たしていたことが、理解できるのです。

つらかったのは、貴族だけではありません。貴族がつらいのならば、民衆はもっとつらかったはず。法然とか親鸞《しんらん》とか日蓮《にちれん》とか道元といった、鎌倉新仏教といわれる宗派の祖師達は、貴族ばかりでなく、普通の人達をも救う仏教を、立ち上げました。それらの宗派は、当時の人達にとっては新興宗教だったわけで、やはりいつの時代も新興宗教というものは人々の生々しい悩みを掬《すく》い上げるのが上手であることが、理解できます。

今、京都のお寺に行くと、宗教が本来持っている生々しさを感じる

ことはあまり無いのです。金閣寺や清水寺といった場所に行くと、そこは観光施設以外の何物でもない雰囲気なのであり、ドロドロとした人間の業《ごう》がうごめく感じは、ない。

また東西の本願寺のような、巨大宗派の本山系のお寺に行くと、広い敷地の中には本堂以外にも立派なホールやら書店やら喫茶店やらがあって、宗教施設と言うよりは会社を訪問したような感じがするものです。実際、この手の大宗派というのは大企業に匹敵するような予算を動かし、宗派内の人事も企業における出世競争並みに激しいものらしいですし。

仏教に生々しさを感じないのは、東京も同じです。と言うより東京の場合は、有名なお寺といっても、せいぜい浅草寺《せんそうじ》とか芝の増上寺と

か上野の寛永寺とか、その程度。拝観料を取るような観光寺院の話は聞かないですし、寺内町が広がるという光景も、目にしません。東京人は、寺とか仏教という存在自体を普段は忘れているのであり、その手のことを思い出すのは、本当にお葬式と法事の時だけ。

お葬式や法事においては、お坊さんは一応、仏教絡《がら》みの「ちょっといい話」を、列席者に向けてしてくれるものです。その瞬間にのみ「やはり人の死に際しては宗教って必要なのかも」と思うわけですが、最近ではその手の話すらせず、ただお経を読んでおしまい、というお坊さんもいるのです。

葬式か、観光か。今やこの二局面においてしか、仏教に係わることが無い私達ですが、しかし最近、女性達の間では、それ以外の目的を

持って京都の寺社を訪れる人が増えているように私は思います。

してその目的とは、「おすがり」。精神的につらくなった時、神仏に身を委《ゆだ》ねることによって精神的デトックスを行なうという、いわばごく一時的な出家のようなもの。

彼女達は、そもそも観光というきっかけから、京都の寺社へ行くようになった人達です。彼等は、自分の菩提寺《ぼだいじ》に行って真剣に祈ろうとはしないけれど、特に地縁は無い京都の寺では、赤裸々に祈ったり願ったりする。それは、親には話せないことも伯母さんには話せるといった感覚なのかもしれませんが、「おすがり先」としての京都の寺社の存在は、カウンセラーや精神安定剤の代わりとなっているのではないでしょうか。

たとえば京都のお寺では、枯山水の庭園を、身じろぎもせずにじーっと眺め続ける女性がよくいるものですが、その手の人はたいてい一人なのであり、プチ出家中なのだと思われる。「お仕事に疲れたのかしら」「それとも恋かしら」と端から見ていると思うのですが、そんな彼女を見ている私もまた、一人で庭を見る女。

お寺の庭を見ているのは、確かに非常に気持ちが良いのです。石の一つ一つが何を意味するかなど全くわからずとも、脳からアルファ波がたれ流しになっている感じがする。

お寺の場合は、まだ「ストレスを洗い流したい」程度の欲求で済むのですが、神社となるとさらにおすがり感は強まります。たとえば清水寺近くの地主《じしゅ》神社に行けば、縁結びを願う女性達で、ものすごい熱

気。かと思えば、縁切りの効能で知られる安井金比羅《こんぴら》へ行くと、

「早く○○さんが奥さんと別れて私と結婚しますように」

「夫が浮気相手の××と別れますように」

といった、鬼気迫る絵馬が鈴なり。

縁結びというご利益《りやく》の人気っぷりに気付いたのか、最近では実に多くの寺社において、

「ウチも縁結びに効きます」

といううたい文句を目にするのでした。

「『縁結びに効く』といっても、その由来は少々強引すぎるのでは？」と思われるような寺社までが、ミュージアムショップならぬテンプルショップで縁結びのお守りを販売していたりして、縁結び産業は、今

や京都の仏教界および神道《しんとう》界にとって貴重な財源になっているに違いない。

寺社があまりにもたくさんあるからこそ、有名寺院以外はご利益だの効能だのをアピールしなくてはならない、この時代。今となっても京都の寺は、人々が生きている限り悩みというものは尽きないことを私達に教えてくれるのであって、様々な悩みに効くとされる寺社が集まる京都は、日本中の人達の悩みの集積地にもなっているのでした。

悩みを吐き出したり、何かを祈願するだけではありません。最近は、南禅寺、知恩院、清水寺、高台寺といった有名寺院において仏前結婚式をする人が増えており、仏前結婚をプロデュースする会社があったりもする。そのお客さんは九割が京都外の人なのだそうで、京都の神

仏が全国の女性の願いと夢とを、相当部分引き受けていると言ってもいいのではないか。そして彼女達は、京都で結婚をした後も、何か悩みがある度に京都の寺社を訪れては吐露していくという、息の長い顧客になるに違いありません。

そしてその感覚は、やはり平安時代の女性達と共通しているのです。彼女達が神仏に祈っていたのも、別に天下国家に関してのことではなく、個人的な悩みや願望、つまりは現世利益であったことでしょう。そして現在の女性達も、わざわざ京都の寺社まで来て祈ったり願ったり吐き出したりすることによって、スッキリとして帰っていく。

そんな京都の宗教的雰囲気を、何よりも高めているもの。……それは、比叡山《ひえいざん》なのだと私は思います。多くの宗派の開祖達が巣立った、

言わば昔の仏教センターのような場所であった、比叡山。平安京の鬼《き》門《もん》を封じるという役割も担う比叡山がどこからでも確認できる京都で暮らしていると、何か大きな存在から常に守られているという気分に、なるのではないか。京都に暮らしつつ、

「あそこに、最澄さんも法然さんも日蓮さんもいはったのやなぁ」

と北東の山を見上げれば、どことなく安心できるような気がします。

そしてもちろん、東京にはその手のものは無いのでした。今の東京には、とんでもない量の悩みや苦しみが渦巻いているものと思われますが、私達がすがるために見上げるべきものは、存在しない。

しかし確たる信仰を持っていない人がほとんどの現在、その悩み苦しみを宗教に頼らずどうにかしようともがく力こそ、東京がここまで

異常発展した原動力なのかもしれないなぁと、やはり宗教に縁が薄い私としては思うのです。……ま、とはいえそんな東京人は自分達の悩み苦しみをわざわざ新幹線で運んできて京都に置いていこうとするわけで、京都としてはいい迷惑なのかもしれませんが……。

コラム　京都・同業者町の愉《たの》しみ

私は、「同じものがたくさん集まっている」という状態に、無性に興奮してしまう者です。制服姿の人達を見ると嬉《うれ》しくなるのも、そのような性質をもっているからこそ。

かといって、イクラの粒々を見ても私は別に嬉しくはないのでした。何か人為的な力が加わることによって同じ物が集まっている状態を見た時、その人為的な力がいかようなものであったかに思いを馳《は》せることによって、気分が高揚するのだと思うのですが。

ですから私は、同じ業種が集まっている同業者町が、好きなのでした。神保町も合羽橋《かっぱばし》も、「同業者ばっかり！」と、何だか浮き浮きしてくるではありませんか。

京都においても、タクシーに乗っているとしばしば、「この辺って、もしや」と、同業者町の空気を感じることがあるのです。同業者町は観光地ではありませんし、その「業」に用事がある人でないと足を踏みいれませんから、私のような観光客は、気付かずに通り過ぎがちです。が、「同じものがたくさん集まっている」という匂《にお》いは、そこここに感じられた。

同業者が同じ場所に集まるという現象は、都市特有のものでしょう。一業種につき一軒か二軒が存在すれば十分というような規

模の町であれば、同業者の集まりようがない。規模の大きな都市において初めて、同業者が集まる意味が生まれるのです。

京都の通り名を見ていても、「麩屋町通《ふやちょう》」「両替町通」「車屋町通」等々、同業者町の名残がそこここに残っているのでした。麩屋町通には昔、麩や豆腐などを扱う店が多かったそうですし、両替町通は、家康によって金座が設けられた後に銀座も移転してきたということで、金融業のメッカだったらしい。そして車屋町通には、輸送業者や車鍛冶《かじ》の人達が集住していたのだそうです。

今となっては、麩屋町通にお麩屋さんは無いし、両替町通も金融街ではありません。が、ずっと日本の都であり続けた京都は、今でもきっと、日本一の同業者町の宝庫であるに違いないのです。

「ああ、同じものが集まっている……」と思う快感を求め、うろうろ巡った同業者町の数々を、これからご紹介してみたいと思います。

・**陶磁器**

京都で焼物と言えば、清水焼《きよみず》。清水焼という名前を持つだけに、五条通の五条大橋から五条坂にかけては、ずらりと陶磁器店が並んでいますし、五条坂から清水寺へ向かう坂は、かつて窯元《かまもと》が立ち並んでいたということで「茶わん坂」と言われています。

しかしある時、京都の地図を眺めていた時にふと目に入ってきたのは、「清水焼団地」という文字だったのでした。「清水焼」と

いう言葉と「団地」という言葉のミスマッチな感じに、妙にそそられた私。コンクリートの団地の中で、住民達が日がなロクロを回している……といった図柄が頭に浮かんでくるではありませんか。一体そこはどんな場所なのかと、京都市街地地図からもう少しではみ出しそうな位置、山科《やましな》区に存在するその団地を、訪れてみることにしました。

山科駅からタクシーで約十分。新大石道に、清水焼団地はありました。清水焼団地展示場という建物の前で降り立って見回してみれ

「清水焼団地」の位置

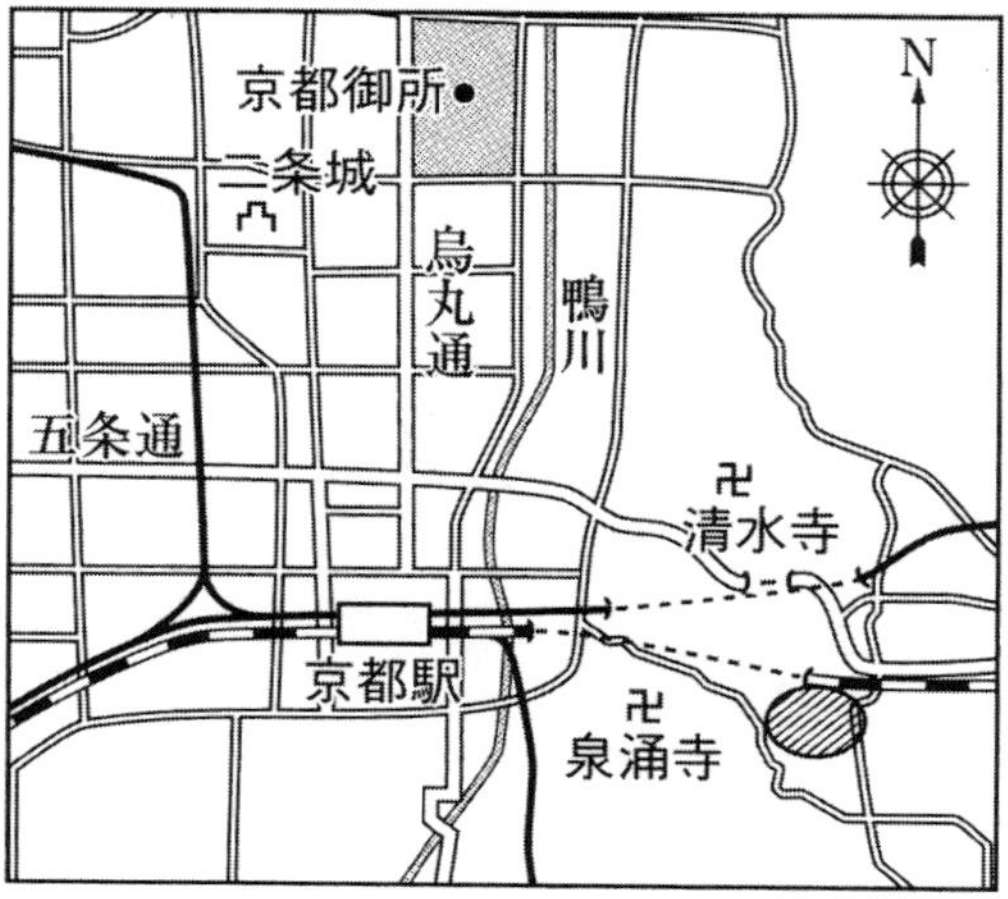

ば、周囲にいわゆる団地らしき建物は見当りません。展示場にて清水焼団地の地図を入手してみると、清水焼団地とは、団地の建物の中で大勢の職人さんが焼物を作っているわけではもちろんなく、清水焼に関連する様々な業者さん達が同じ地域に集まっているという、いわゆる工業団地であることがわかります。

ここは、付近への煙害などを避けるために、昭和三十七年に五条坂地区から業者さん達が移ってきたという地。陶芸作家、窯元、卸《おろし》や小売りの店、粘土を扱う店、焼物を入れる桐箱《きりばこ》製造業、釉薬《ゆうやく》や顔料を扱う店……と、陶磁器に関連するあらゆる業種が集まっているのでした。京都市街地から見れば「東山」にあたる山々がすぐ西手に見えて、自然も間近な環境です。

昭和になってからの移転ですから、区画は比較的ゆったりしています。落ち着いた住宅地の家々が、よく見たらそれぞれ陶磁器関係の仕事をしている、という感じ。庭先には、焼く前の器が出してあったりもする。

五条坂近辺から移転した窯業《ようぎょう》集積地は、ここばかりではありません。五条坂周辺の都市化が進んだことによって、百年前には泉涌寺《せんにゅうじ》地区（東山区の泉涌寺周辺）や、日吉地区（泉涌寺よりやや北側の地域）への集団移転があった。また、宇治の北端に位置する炭山地区にも、窯元が集まっているのです。

いくつもの焼物地帯が存在する、京都。家庭で使用する食器の他にも、料理屋さんの器、茶道の茶器に華道の花器……と、この

街では実にたくさんの焼物が、必要とされているのです。京都の食文化が発達していることは言わずもがなですが、食べ物には必ず器が必要であり、器の種類が多様であればあるほど、文化は深いのかもしれません。

団地の展示場で、季節の箸《はし》置きを物色した私。箸を置くためだけにある道具にここまで工夫をこらすのは日本人ならでは、でしょう。「団地」という色気の無い名前を持つ地域の中で、季節感たっぷりの焼物が作られているということが、私にとっては何とも面白いこの場所。同業者町は、名前だけで判断してはいけないのです。

・仏具

清水焼団地に行く前、山科駅前にあった地域概略図を眺めていたところ、私の目に「仏具・扇子団地」という文字が、飛び込んできたのでした。仏具・扇子の団地とはこれまたどんなものか……と、清水焼団地のついでに、そちらの団地も訪れてみることに。

新大石道をどんどん下がって新十条道に入って、さらに進むことしばし、地図では近そうな感じがしたものの歩いてみたら意外に遠く、汗だくになってきた頃に「仏

「仏具・扇子団地」、東西本願寺周辺の位置

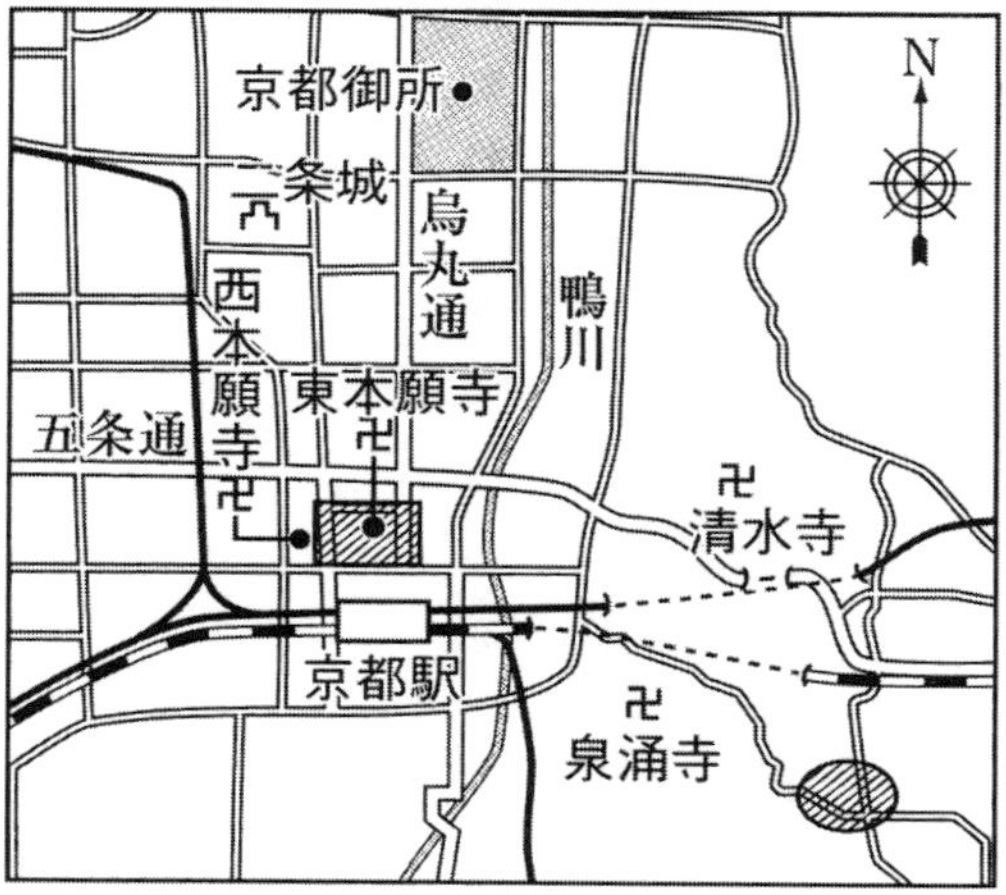

具・扇子団地」の看板は見えました。やはりそこは、パッと見はごく普通の住宅地なのですが、そろそろと進んでいくと、様々な業種が並んでいる。

京仏具の卸《おろし》や製作所、金箔押《きんぱくおし》、漆工所、お神輿《みこし》などの金具製作所から仏師まで。その町内だけで、立派な仏壇が出来上がるのが、仏具団地。そっと家の中を覗《のぞ》いてみたら、金剛力士像がまるでマネキンのように並んでいたりして、「この手のものも、元は誰かが作ったものなのであるなぁ」ということが実感できます。

町内には、お地蔵様も祀《まつ》ってありました。さすが仏具団地だけあって、立派な漆塗りの仏壇のような小屋に納まっているため、お地蔵様は外から見ることができない。仏具団地の心意気を見る

ようです。

京都の仏具街は、ここばかりではありません。神社仏閣だらけの京都においては、それだけお道具類も必要なのであり、街のそこここに「仏具」の字を見ることができます。

特に東西本願寺の周辺は、旧花屋町通、上珠数屋町通《かみじゅずやちょう》、七条通と、仏神具関連業者がズラリと並んでいます。昔から本願寺の門徒達がこの地に集まってくるからであり、仏具やお数珠の店はもちろんのこと、法衣《ほうえ》店、仏教書、仏画等の表具師《ひょうぐ》、お香や蠟燭《ろうそく》、そして門徒達が宿泊する旅館……と、実に様々な業種が揃《そろ》っている。「袈裟《けさ》匠」という看板を掲げている店もあったりして、いかにもプロユースっぽくて格好いい。

「『仏だんはやはり京都で』　京都仏具協同組合」

といった標語が町には貼《は》ってあったりもするのですが、確かにここを歩いていると、プロっぽい仏壇がちょっと欲しくなるし、お経の一巻でも買いたくなってくるではありませんか。

お寺や神社に行くと、その荘厳《そうごん》なしつらえに私達は圧倒されたり、宗教心をかきたてられたりするものです。が、その手のものは神様仏様が天からもってきて下さるわけではなく、人の手で作られ、売買されているのです。比喩《ひゆ》ではなく、本当に抹香《まっこう》臭い薫《かお》りに包まれてしんとしている仏具町を歩いていると、この世とあの世の中間を歩いているような、何だか不思議な気分になってくるのでした。

・電器

寺町通という道が、あります。豊臣秀吉によって寺院の強制疎《そ》開《かい》が行なわれて寺院街となったこの通りには、今でも寺院が非常に多い。三条通から四条通までの間は、アーケードもかかって、若者や観光客も多い商店街なのですが、若者向けの店に挟まるようにして、寺院の入り口が存在しているのです。

しかし四条通を渡ってしまうと、寺町通は急にその表情を変えるのでした。アーケードはなくなり、左右に見えるのは「カメラのナニワ」「タニヤマムセン」、そして電子部品やファミコンのお店。つまりそこは、京都における電器街なのです。

さらには、関西におけるエロ＆おたく系書店の雄「信長書店」もありますし、ミリタリーやガン関係の店もある（「ミリタリーカフェ」を併設）。メイドカフェこそ私には発見できなかったものの、そこはプチ・アキバとしての役割を担《にな》っているのでした。

規模は秋葉原に比べればうんと小さいのですが、しかしそこにいる人達の雰囲気は、秋葉原と同じです。信長書店は、入り口こそ一般雑誌を置いているものの、中に入れば同人誌、ＢＬもの、

電器街のある寺町通の位置

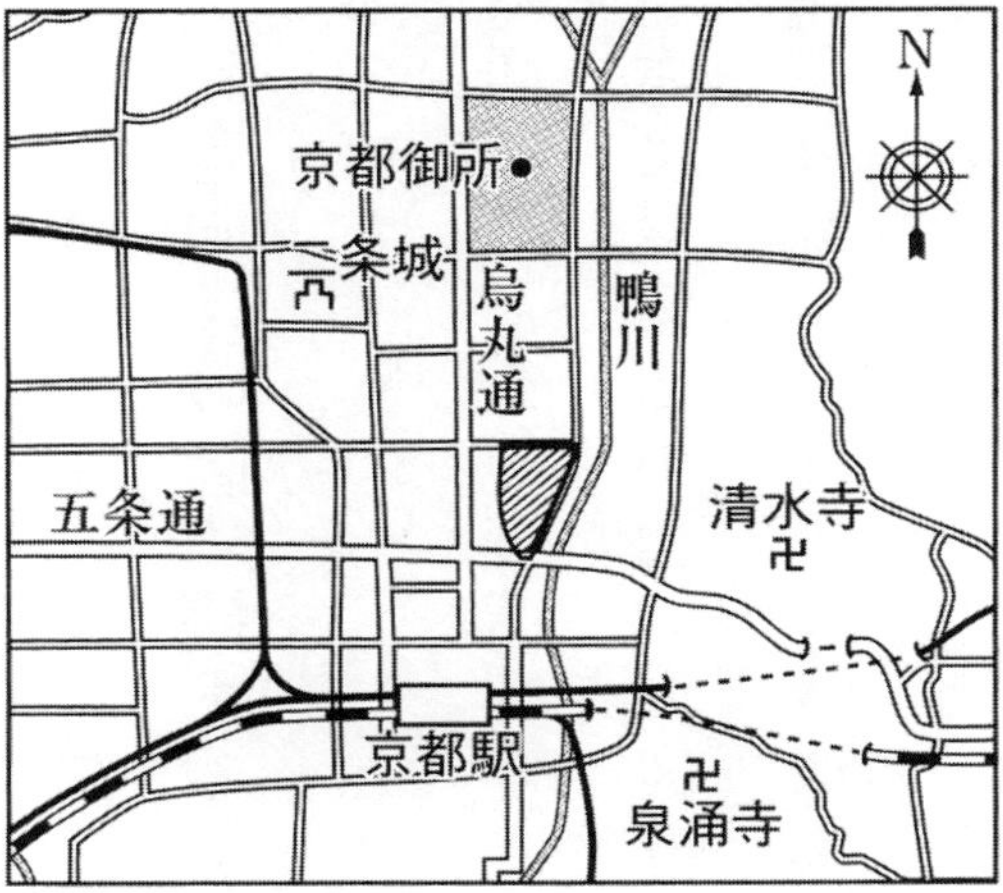

AVにエロゲーにコスプレ衣装から精力剤まで、様々な欲求にできる限り応《こた》えよう、という姿勢が見られる。

寺町電器街は、京都のメインストリートである四条通から、ほんの少しだけ入ったところにあるのです。しかしそこを歩く人種は、四条通の人種とは明らかに違う。「ここは、そういう場所」という人々の認識によって、まるで空気のドアがあるかのように意識上の区分けがしっかりと為《な》されていることに、私は深い京都感を覚えたのでした。そして電器街もれっきとした寺町通の一部なのであって、その手の店の合間にお寺や仏具店が交じっている風景もまた、京都。

今となっては、電化製品は大阪あたりの大型量販店に買いにい

く人が多いのだと言います。が、おたく&腐女子文化に関しては、歴史的逸話の多い京都という風土を生かすことによって、まだまだ発展の余地があるように私は思うのです。大阪の日本橋《にっぽんばし》にスポイルされず、寺町電器街には独自の発展を遂げてほしいものだと、思っているのでした。

・**薬**

烏丸《からすま》二条の交差点に立って東の方を眺めた時に目に入ってくるのは、「わやくや」と書かれた看板です。「わやくや」って何の意味なのか……と思って二条通に入ってみれば、「わやくや」とは「和薬屋」のこと。そして道を少し歩いてみれば、和薬すなわち

日本古来の薬と漢方薬という、非西洋医学系の薬やその原料を売る店が、並んでいるのでした。

「一条　戻橋、二条　生薬屋、三条　みすや針、四条　芝居……」

という数え歌が残っているように、二条通は昔から薬の町だったようであり、その名残が今でも残っている。

「お医者さんも多いから、身体《からだ》の具合が悪い時は何となく二条に行くなぁ」

とは京都の人の弁ですが、かといってマツキヨがあるわけではありません。

私にとって、普段の生活の中で和漢薬というのはほとんど縁の無いものです。が、二条通を歩いていると、干した草の類のみな

らず、「海蛇、ハブ、すっぽん、コブラ、まむし」といった、薬種と言うよりは動物園に近い表示が出ていたりする。

「強心・活力・気力」に効く薬である「瑞星《ずいせい》」を売る山村壽芳堂《やまむらじゅほうどう》の隣には、「薬祖神」という小さなほこらがあります。ここには、大《おお》国主命《くにぬしのみこと》、神農《しんのう》と、何と医薬に関連深いというヒポクラテスまで祀ってあるというではありませんか。

マツキヨ的ドラッグストアに慣れた身からすると、この道は非

薬の町のある二条通の位置

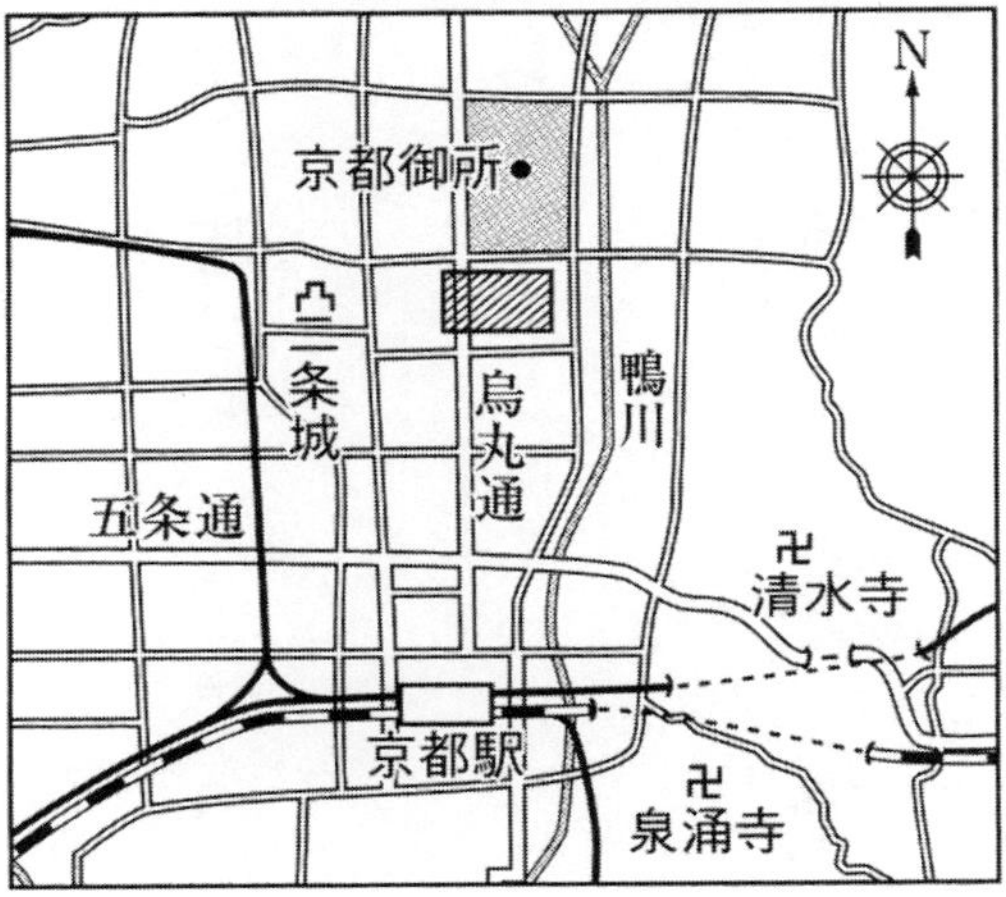

常に神秘的な感じがするのです。昔の人達が、身体の不調をどうにかして治そうと、色々な動植鉱物を、干したり粉にしたり混ぜたり煎《せん》じたりしていたその必死さが、ウィンドウに飾られた得体の知れない乾物を見ていると、感じられる。

思えば平安の都の人々は、病を治すために懸命に加持祈禱《かじきとう》をしたのでした。陰陽道《おんみょうどう》にしても、予防薬のような役割を持っていたのでしょう。しかし神仏や暦を恃《たの》むにしても、薬や病院に頼むにしても、その必死さは同じ。

健康に、そして幸せに生きたい。人間が持つこの欲求は、いつの時代であっても決して変わらないことを、二条通は感じさせてくれるのです。

・家具

薬の二条通から一本北に位置するのが、夷川《えびすがわ》通。そしてここは、薬とはガラッと変わって、家具の町なのでした。

東京でも昨今、目黒通りにたくさんの家具屋さんが見られます。目黒通りに並ぶのは、若者向けのオシャレ家具の店で、北欧調だったりアンティークだったりミッドセンチュリーだったりと、様々なニッチなテイストの店。が、夷川家具街で売られているのは、目黒のようにライトな家

家具街のある夷川通の位置

具ではないのでした。京箪笥《だんす》、文机《ふづくえ》、茶棚……と、重厚で和風な品揃えなのです。しかし京都の人に言わせると、

「最近の夷川は、どうなのかなぁ。若い人は皆、大阪の大塚家具とかに行ってしまうみたいやでぇ」

とのこと。

考えてみれば確かに昨今は、嫁入り道具として総桐箪笥を持っていくという花嫁さんは、少ないことでしょう。住宅事情もあることですし、互いにそれまで使っていた家具を持ち寄って終り、という感じではないか。

夷川通には、婚礼家具や結納用品の専門店もあり、かつて家具と婚礼は切っても切れない関係にあったことを思わせるのですが、

京都という古都においても、嫁入り行事はよりライトなものになってきたのでしょう。

しかし、文机や美しい漆塗りの鏡台などを見ていると、こんな家具を使用して純和風の生活をしてみるのも素敵であろうなぁ、と思えてくるのです。和服を着て文机の前で原稿を書く（もちろん手書き）私……などという、文豪プレイを夢想するのもまた楽し。ま、正座もロクにできない私にはしょせん無理な話なのですけれど、「いつか和風生活を」という夢を見ながらそぞろ歩くには、楽しい通りなのでした。

・茶道

京都にはまだまだ正座文化が残っているが故《ゆえ》に夷川のような通りがあるわけですが、正座文化のメッカのような場所が、小川通の、寺之内通より北側の一帯に、存在します。千利休の子・少庵《しょうあん》に秀吉が小川通の土地を与えたのがその始まりで、三代目の宗旦《そうたん》が三人の息子にそれぞれ茶室を与え、表、裏、武者小路の三千家となった、と。そして表千家の不審庵、裏の今日庵が小川通に面して隣り合い、近隣には裏千家学園という茶道の専門学校があったり、茶道具のお店などもあったりという、いわばこの辺りは茶道街なのです(武者小路千家の官休庵は、小川通を少し南に下がったところにある)。

茶道地帯は、静寂に包まれているのでした。袴《はかま》姿の男性が、足

早に歩いていったり、千家の前に、黒塗りのハイヤーが横付けされていたり、和服の女性が数人、緊張した面持ちで歩いていたり。

茶道を知る人にとっては、この辺りはまさに聖地なのでしょう。小川通は公道なので私のような者でも歩くことはできますが、何となく「こんな人間が歩いてすいません」という気分になってきます。

近くには、裏千家の「茶道資料館」というものがあり、そこでは一般客も抹茶をいただくことができるのです。気軽な椅子《いす》席な

茶道地帯の位置

のですが、聖地でお茶を飲むと思うとどうにも緊張してしまい、「お茶碗《ちゃわん》って、どっちに回すの？」と、横目で隣を見る。

海外に行く度に「ああ、英語をやっておけばよかった」と思うように、京都に行く度に「ああ、茶道をやっておけばよかった」と思う私。それでも蛮勇をふるって聖地でいただいたお抹茶は、ほろ苦い味がしたのでした。ま、喉元《のど》を過ぎれば何でも忘れる私としては、東京に帰ればきっとまた茶道のことをすっかり忘れてしまうに違いないのですけれど……。

・映画

修学旅行の自由時間で、私は太秦《うずまさ》映画村に行ったのです。今と

なっては全く記憶に残っていませんが、ふと思い立って京福《けいふく》電車に揺られ、再訪してみることにしました。

入場料は、二二〇〇円。昔と変わらず、修学旅行生達が走り回っています。小さな劇場で行なわれた殺陣《たて》教室では、中学生が舞台にあげられて、盛んにテレたりしている。

その時、映画村の中では偶然、「水戸黄門」の撮影が行なわれていました。私が子供の頃、東野英治郎の横で助さんか格さんかをやっていた里見浩太朗は、今や黄門様として扇風機の前で出番を待っているのであって、水戸黄門ファンであった天国の祖母にこのシーンを見せたい、と私は思った。

映画村は、東映が持つ施設であり、映画村の隣には、広大な東

映の撮影所が今も存在しています。撮影所の門外をぶらぶら歩いていると、チョンマゲにジャージを着て携帯電話で話しながら歩く有名俳優さんとすれ違ったりして、「ああ、ここは映画の街なのだなぁ」ということが感じられる。

近くにある太秦中学校は、大映の撮影所の跡地に存在しています。校門横には、やけに目立つ金色のモニュメント。何かと思って見てみれば、この地で撮影された「羅生門」で受賞したベネチア映画祭の金獅子《きんじし》賞と、アカデミー賞にお

映画村の位置

いて獲得したオスカー像をモチーフにしたものということ。かつてそのモニュメントは大映撮影所の中にあって「グランプリ広場」と呼ばれていたのだそうですが、撮影所の廃止により、中学校に移築されたのだそうです。

そんな太秦中の近くの道は、今でも大映通り商店街という名前。近くに松竹の撮影所も現存する太秦は、かつては「日本のハリウッド」と呼ばれる町だったそうではありませんか。

太秦は、ハリウッド的なセレブ感は薄い、庶民的な町です。大道具さんとか美粧《びしょう》さんといった職人さんとおぼしき人々が自転車で走り回る太秦は、あくまで素朴な映画の町。昨今は、京都で撮影することが少なくなってきているという話ですが、歌舞伎《かぶき》発祥

の地であり、様々な伝統芸能を育てる地でもある京都において、チャンバラの「シャキーン」という音が絶えることなく聞こえ続けてほしいものだと思ったのでした。

……と、色々な同業者町を巡ってみたわけですが、もちろん京都にはこの他にも、織物の西陣、和服関連業の室町、古美術街の新門前《しんもんぜん》に古門前《ふるもんぜん》、銘木店の千本と、様々な同業者町が存在します。同じ業種が集まる理由としては、茶道の千家にしたら「もともと親戚《しんせき》」なのだし、寺町のお寺は「秀吉のせい」、山科の団地であれば「都心は混んでる」と、様々なのです。原料の調達とか流通や消費者の都合で、同業者が集まっていた方が効率が良いとい

う面も、大きいことでしょう。

しかし色々な同業者町を見ていると、「志を一つにする者同士で、集まっていたい」という、人間が元々持つ心理も、そこにはあるのではないかという気がするのです。

洛北《らくほく》の鷹峰《たかがみね》街道には、一六〇〇年代に本阿弥光悦《ほんあみこうえつ》が、徳川家康から与えられた土地に様々な芸術家や職人を集めて住まわせたという、光悦村がありました。トキワ荘と同様、他者の刺激を受けながら創作に励むという場には、時として思わぬ広がりが生まれたのでしょう。そしてその手の刺激を求めるのは、何も芸術家に限ったことではないと思う。

ある業者が、ある場所に集まっていることの裏側には、歴史的

な事情と地理的な事情とが交錯しています。同業者町を、そして京都を歩くということは、すなわち碁盤の目の形をした「事情」の中を歩くようなもの。そんな中において自分とは、一つの碁石よりもうんとうんと小さい存在であることも、同業者町を歩いているると、よくわかるのでした。

大　学　京都大学と東京大学

東京大学在哪里《東京大学はどこにある？》
東京大学在東京《東京大学は東京に》
京都大学在哪里《京都大学はどこにある？》
京都大学在京都《京都大学は京都です》

なーんていう七言絶句《しちごんぜっく》（じゃないですけど全然）を中国語の授業中に作ったりしていたせいで単位を落としたりしていた私は、大学卒業

後も、東京大学にも京都大学にも何ら縁の無い人生を送る者です。

東大も京大も「すごいんでしょうね」と思うわけですが、特に京大は、東京人にとってはイメージが良い大学です。大学の多い京都では学生が大切にされるそうですが、中でも京大生は、旧制三高の時代から「将来偉くならはる人やさかい」と、多少脱線しても京都市民に大目に見られていたとのこと。ああ、自分が今高校生だったら、一生懸命に勉強して京大を目指すのになぁ。

京大入学の野望は叶《かな》いそうにもありませんが、せめて京大の見学くらいはしてみたい。そう思った私はある時、京大の学園祭で、京大史上初のミスコン（正確に言うと、ミス&ミスターコンテスト。以下、ミスコン）が行なわれるという話を耳にしたのでした。

菊川怜《れい》や、グラビア誌でおなじみ六條華（現在は楠城華子《なんじょうはなこ》と改名）といった東大美人と比べると、京大美人のイメージは薄いのです。が、京都は美人の産地としても知られた場所。きっと上品な美人がいるに違いない。……と、私は勇躍、京都へ向かいました。

時は二〇〇四年、秋。「11月祭」という学園祭が行なわれているキャンパスは、賑《にぎ》やかでした。早速、ミスコンが行なわれているという吉田校舎グラウンドのステージ前へ駆け付けてみると……。

ステージの上には、四、五人のもっさい男性がいて、何やらマイクでしゃべっているだけだったのでした。客席も閑散としていて、その様子は明らかにミスコンでは、ない。

「どうしたことか？」としばらくもっさい男子の話を聞いてみると、

どうやら京大のミスコンは、中止になったらしいのです。もっさい男子はミスコン反対派である自治会の学生さんであり、ミスコン中止に至った経緯の説明を、そこでしていた。

もっさい男子改め、反対派学生の話によると、ミスコンは性の商品化につながり、またスポンサーをつけてミスコンを行なうということは商業主義につながる、と。ミスコン実行委員会と何度も話し合いをし、男女の区別や順位をつけないようなイベントの実施という代替案も出したが、ミスコン実行委員会はその案を飲まず（そりゃそうだろう）、ついに中止が決定したらしい。

ミスコン反対というとフェミニスト団体を想像するわけですが、反対派の学生さん達は全員、男性だったのでした。女性としてのジェン

ダーを押しつけられるなどという経験は一度もしたことのない彼等が、一生懸命ミスコンに反対してくれているのです。学園祭のパンフレットを見てみると、京大には人権系意識の高いサークルの展示が実に多いのでした。京大出身者に聞いてみると、

「伝統的にそう」

なのだそう。官の東大、民の京大という言い方がありますが、「民」意識は学生時代から強いということが理解できる。

ミスコン問題に関しては、京大の森毅《もりつよし》名誉教授（でも三高↓東大出身）も、

「どっちにしても盛り上がってええんやないの。祭りの原則は盛り上げることと、今まで考えなかったことをやること。賛成派も反対派も

既成概念を打ち破って新しいものを生むきっかけにしてほしいね」とコメントを述べておられ、関西ではニュースでも取り上げられるほどの話題だったのです。

では、ミスコン問題に関して東大はどのような立場をとっているのか。東京に戻って調べてみると、ちょうど駒場《こまば》祭の季節。駆け付けてみたところ、実に明るく開催されていましたね、ミスコン。正式名称は、やはり「ミス&ミスター東大コンテスト」で、二〇〇四年時点で八回目なのだそうです。

最近の大学ミスコンというのは、どうやらパッケージ販売のようになっているようなのです。特定の企業がスポンサーにつき、だいたい外枠の決まった台本でミスコンを進める。どの大学でもウェディング

ドレス審査があるのは、ウェディングドレスブランドがスポンサーについているから。そして各大学でミスとなった人は、テレビ局が主催しているキャンパスクィーンコンテストに進み、そこでミスの中のミスが選ばれるのです。

今や大学ミスコンは、商業システムに完全に組み込まれたイベントなのでした。そして京大はこれに反発し、東大はこれに乗っている。今回の東大ミスコンにおいても、候補者の女の子達はちゃんと、スポンサーが提供したウェディングドレスを着ていたのですから。

あくまでもミスコンに、反対する。これは実に京大らしい態度です。そして東大が、実に明るくミスコンを開催するのも、また東大らしい姿であるように私は思う。

最近の東大生というのは、「東大生なのに○○」と言われることに、とても大きな喜びを感じているフシがあります。つまり「東大生なのにスポーツ万能」「東大生なのにお洒落《しゃれ》」「東大生なのに美人」「東大生なのに遊び慣れている」などと、「東大生なのに、勉強以外の柔らかい部分においても秀《ひい》でたものを持っている」という評価をされるのが、彼等はすごく嬉《うれ》しいらしい。

旧来の東大生イメージというのは、「勉強ばかりしているので、他の部分ではちょっと世間とズレている」というものでした。「東大生だから、運動神経が無くても（もしくは『ダサくても』、『ブスでも』、『童貞でも』等）仕方ない」と思われていたのです。

しかし最近の東大生は、「ちょっとでも勉強以外の部分で優れてい

ると、東大生は普通の人以上に注目される」ということが、わかってきたようです。さすが東大生、頭がいい。

だからこその、ミスコン。これは別に、「東大にも美人はいる」ということをアピールするためだけの行事ではありません。「ミスコンみたいなゲスなイベントも、フランクな態度で受け入れられちゃう度量を持つ僕達」みたいなことを世間にアピールできるのが、何だかんだ言っても真面目《まじめ》な東大生には、すごく楽しい。だからこそ、やっていることなのではないでしょうか。

ミスコンで司会をしていた学生さんも、候補者達を紹介する時に、

「皆さん見てください、この人達はみんな本物の東大生なんですよ〜」

と紹介していました。これがもし立教大学のミスコンだったら、「この人達はみんな本物の立教大生なんですよ〜」とは、絶対に言わないことでしょう。立教大学にはいかにもミスコンがよく似合うわけで、出場者が本物の立教大生であることなど当たり前なわけですから。

「この人達はみんな本物の東大生なんですよ〜」という言葉には、「勉強が日本一できるのに、こんなに可愛《かわい》い女の子（と、格好いい男の子）もいるとは、すごいでしょう」という意味と、「勉強が日本一できるのに、ミスコンに出るなんていうちょっとポンチな発想を持つ人がこれだけいるとは、すごいでしょう」という意味とが込められているものと思われます。

それはやはり、業界一番手の発想なのです。どのような世界においても、「一番だから許される馬鹿馬鹿《ばかばか》しい行動」というのは、あるものです。というより、「一番だからこそ二番手以下に余裕を示すかのようにやりたくなる、馬鹿馬鹿しい行動」とでも言いましょうか。かえって二番手あたりにいる者の方が、「いつか一番にギャフンと言わせてやろう」と、真面目だったりする。

東大の駒場祭では、学ラン姿の応援団が、一升瓶のイッキなどして気炎をあげていました。対して京大応援団は、存在はするものの、HPを見てみるとホノボノ系の雰囲気。やはり東大の方が、右寄りプレイを楽しんでいる感があるのでした。

大学の本当の価値が何によってはかられるのかは、わかりません。

しかし今の世に厳然として存在するのは偏差値という物差しであり、東大にはその物差しを使用した時に最も高い評価を得ることができる学生達が、集まってくる。

駒場祭をぶらぶらしている時に、

「豚汁、いかがですかぁ〜」

などと声をかけてくる学生さんに対して（なぜか駒場祭では汁物の販売が盛ん）、

「なんで東大に入ったの？」

という唐突な質問を投げ掛けてみると、

「やっぱ、一番だし」

とか、

「そこに東大があったから、みたいな」

といった答えがやはり多かった。一番高い山が目の前にあって、頂上まで登れるかもしれない能力を持っているのだから登ってみたかった、という感じでしょうか。

東大生というのは、私達が感じている以上に「僕らは日本で一番勉強ができるんです」という誇りを強く持っている生きもののようです。

東大の学生誌を読んでみたら、

「そもそも東大は何もかもがトップでなければならない。偏差値然《しか》り、予算然り、国I（国家公務員I種試験のことでしょう）合格者数然り、不祥事の数然り」

「入学時の偏差値が全《すべ》て。要するに大学のネームバリュー、ブランド

が全て。東大は卒業さえすれば就職も何もかも安泰である。この若さにして人生の勝者である。我々はその特権の上にあぐらをかいておけば良い」

「渋谷を歩いているような愚民の百脳を合わせても東大生の一脳にも満たない。我々東大生は将来それらの人の上に立つ人間として、犬猫とでも戯《たわむ》れるような気持ちで愚民の感覚を身につけねばならない」

といったことが書いてありました。これは「受験戦争によって歪《ゆが》んでしまった間違った人間」が書いた、という前提での半ば冗談としての文章なのですが、「ちょっとは本当に思ってないと、こういうことって書けないよね」ということが、私にはわかるわ。

京大11月祭においても、「なぜ京大に入ったのか」という質問はし

てみたのです。京大に合格する頭脳を持っているのであれば、東大にだって入ることは可能であろう。そこをなぜ、あえて京大にしたのかと問えば、

「何か東大って官僚っぽいけど、京大は自由な感じがしたから」

とか、

「東大って、偉そうだし合わへん気がして」

といった返答が。エベレストの方が高いのは百も承知だが、アイガー北壁を無酸素で登頂っていう方にロマンを感じるんですよね僕は、という感覚でしょうか。

一高と三高の時代から続く東大と京大のライバル関係は、日本には必要なものなのだと思います。ま、世界から見たら東大と京大の違い

なんてどうでもいいようなものでしょうが、均質な日本の社会においてはそのわずかな違いすら貴重なもの。

そうしてみると東大・京大以外にも、東京と京都には共通項を持つ大学が存在するのでした。たとえば、慶応と同志社。今出川の同志社は、赤レンガ造りでとってもお洒落なキャンパス。学生さんも京大に比べるとグッと華やかで、女子多し。ノートルダムの小学校から同志社の中学に進むというコースが、東京で言えば幼稚舎から慶応、みたいな感じらしいです（二〇〇六年には、同志社小学校も開校。ますますブランド化は進むことでしょう）。

立命館と早稲田の、何だかとってもアグレッシブかつたくましい感じも、共通しています。立命館といえば、早くから一芸入試を採用し

たり、「立命館アジア太平洋大学」という大学を大分県別府に開設したりと、斬新《ざんしん》なことをやってのけるイメージ。その進取の気象もまた、「京都らしさ」なのでしょう。

早稲田の場合は、進取の気象と言うよりも、何か得体の知れない土臭さが、そこにはあります。早稲田の学園祭に行ってみたら、大隈《おおくま》講堂前で大量の学生が「よさこいソーラン」を狂ったように踊っていて私は度胆を抜かれたのですが（おまけにそのサークルの名前は「踊り侍」）、確かに早稲田には、ミッション系大学でぬるい青春を送った者などには鳥肌がたつようなことを平気でやってのける臆面《おくめん》の無さとテンションを持つ人々がいる。

そして私は、早稲田の土臭さというものも、典型的な「東京らしし

さ」だと思うのです。早稲田は地方から多くの学生が集まる大学であり、その「都会で一旗あげる！」という上野駅系のパワーをそのまま受け入れる吸収能力は、東京ならではのもの。

しかし立命館も早稲田（正確に言えば、系属の早稲田実業）も、やはり近年になって小学校を開校しているのでした。立命館小学校では、ホテルのシェフが給食を作ったりするのだそうですが、小学校から純粋培養される学生と、今までのたくましいイメージとの折り合いは、どのようにつけるのか。今後の動向が、注目されるところでしょう。

ある時、京都新聞を読んでいたら、「他府県から京都の大学に通ってくる大学生達も、京都にとっては重要な観光客なのだから、大切にしなくてはならない」的な言説が載っていたのでした。確かに、京都

で学生生活を送ること自体に憧《あこが》れて京都の大学を目指す人は多いもの。そしてその人達を、京都ファンへと育てようとする意識が、京都には存在する。

街の規模の割には大学が多く、「石を投げれば教授に当たる」とも言われる、京都。東京にももちろん多くの大学が存在するわけですが、学生という人達を「将来の東京ファン」へと育てるという視点は、さほど存在しません。京都で大学生活を送った人は、卒業して他の街に住むようになっても京都に対する憧憬《しょうけい》を持ち続けているものですが、果たして東京で学生生活を送った人は、どうなのか。この辺りにも、京都人のもてなし上手っぷりは、表れているような気がします。……って、あくまで学生さんも「客として」見るというところがまた、

京都らしかったりもするわけですが。

本書は、株式会社新潮社のご厚意により、新潮文庫『都と京』を底本としました。但し、頁数の都合により、上巻・下巻の二分冊といたしました。

都《みやこ》と京《みやこ》　上

（大活字本シリーズ）

2019年 6 月10日発行（限定部数500部）

底　本　新潮文庫『都と京』

定　価　（本体 2,900円＋税）

著　者　酒井　順子

発行者　並木　則康

発行所　社会福祉法人　埼玉福祉会

埼玉県新座市堀ノ内 3—7—31　〒352—0023

電話　048—481—2181

振替　00160—3—24404

印刷製本所　社会福祉法人　埼玉福祉会 印刷事業部

ISBN 978-4-86596-302-1

大活字本シリーズ発刊の趣意

現在，全国で65才以上の高齢者は1,240万人にも及び，我が国も先進諸国なみに高齢化社会になってまいりました。これらの人々は，多かれ少なかれ視力が衰えてきております。また一方，視力障害者のうちの約半数は弱視障害者で，18万人を数えますが，全盲と弱視の割合は，医学の進歩によって弱視者が増える傾向にあると言われております。

私どもの社会生活は，職業上も，文化生活上も，活字を除外しては考えられません。拡大鏡や拡大テレビなどを使用しても，眼の疲労は早く，活字が大きいことが一番望まれています。しかしながら，大きな活字で組みますと，ページ数が増大し，かつ販売部数がそれほどまとまらないので，いきおいコスト高となってしまうために，どこの出版社でも発行に踏み切れないのが実態であります。

埼玉福祉会は，老人や弱視者に少しでも読み易い大活字本を提供することを念願とし，身体障害者の働く工場を母胎として，製作し発行することに踏み切りました。

何卒，強力なご支援をいただき，図書館・盲学校・弱視学級のある学校・福祉センター・老人ホーム・病院等々に広く普及し，多くの人人に利用されることを切望してやみません。